Kevin Barry

Nachtfähre nach Tanger

Roman

Aus dem Englischen von Thomas Überhoff

Rowohlt

Die Originalausgabe erschien 2019 unter dem Titel «Night Boat to Tangier» bei Canongate Books Ltd, Edinburgh.

Dieses Buch wurde mit einer Übersetzungsförderung von Literature Ireland publiziert.

LITERATURE IRELAND
Promoting and Translating Irish Writing

Veröffentlicht im Rowohlt Verlag, Hamburg, Juni 2022

Lektorat Susann Rehlein
Satz Adobe Jenson bei Pinkuin Satz und Datentechnik, Berlin
Druck und Bindung CPI books GmbH, Leck, Germany
ISBN 978-3-498-00170-4

Die Rowohlt Verlage haben sich zu einer nachhaltigen Buchproduktion verpflichtet. Gemeinsam mit unseren Partnern und Lieferanten setzen wir uns für eine klimaneutrale Buchproduktion ein, die den Erwerb von Klimazertifikaten zur Kompensation des CO_2-Ausstoßes einschließt.
www.klimaneutralerverlag.de

MIX
Papier aus verantwortungsvollen Quellen
FSC www.fsc.org
FSC® C083411

Für Olivia

«In Spanien ist ein Toter lebendiger
als sonst auf der Welt.»

Federico García Lorca

ERSTES KAPITEL

Die Mädchen und die Hunde

Im Hafen von Algeciras, Oktober 2018

Würdest du sagen, n Ende ist absehbar, Charlie?

Ich würd sagen, du bist schon ziemlich nah dran an ner Antwort auf diese Frage, Maurice.

Zwei Iren, melancholisch im dumpfen Scheinwerferlicht des Terminals, zeigen alle Anzeichen von anhaltendem Kummer und Leid – das ist ihnen mit der Muttermilch eingeflößt worden und in Fleisch und Blut übergegangen.

Es ist Abend in der alten spanischen Hafenstadt Algeciras.

Oh, und dies ist ein so grässlicher Ort, wie ihr ihn euch nur ausmalen könnt – man möchte hinten Augen haben.

Das Fährterminal strahlt etwas Finsteres, Unheimliches aus. Es mieft nach müden Leibern und nach Angst.

Plakate hängen in Fetzen – die Vermissten.

Der Zoll macht Ansagen bezüglich *narcotraficantes.*

Ein Blinder windet sich im Nachtschweiß und verkauft mit klapperndem Gebiss wie eine dicke Klapperschlange Glückslose – auch der ist keine Zierde für den Laden.

Die Iren blicken ungeniert in die Gesichter, die mit den sieben Ablenkungen verschleiert vorbeiziehen – Liebe, Trauer, Schmerz, Gefühlsduselei, Habgier, Lust und Todessucht.

Über ihnen zischt und klirrt erwartungsfroh und lebensprall eine per Rolltreppe erreichbare Cafeteria.

Nebenan ein mit einem Schild markierter Schalter – INFORMACIÓN, was wollen Sie wissen? –, und davor wölbt sich fragend ein schmaler Sims.

Maurice Hearne und Charlie Redmond sitzen auf einer Bank nur ein paar Meter westlich davon. Sie sind Anfang fünfzig. Inzwischen vergehen die Jahre wie ablaufendes Wasser. Altes Wetter hat ihnen das Gesicht, die kantigen Kiefer, den wüsten Mund gekerbt. Aber sie haben sich – gerade so eben – eine flotte Haltung bewahrt.

Willst du noch mal rasch da rüberhüpfen, Charlie, mit denen reden? Was über das nächste reinkommende Boot rausfinden?

Klar, aber da hockt noch immer derselbe Typ. Der mit der Leichenbittermiene. Kein großer Redner, Moss.

Gib ihm ne Chance, Charlie.

Charlie Redmond stemmt sich mitsamt einer Last von Seufzern von der Bank. Er klappt seine langen Knochen auseinander. Nähert sich dem Schalter. Er lahmt, zieht den rechten Haxen in einer sanft schleifenden Bewegung nach. Mit geübter Leichtigkeit knallt er die Ellbogen auf die Theke. Seine Aura ist die unverschämter Bedrohlichkeit, seine Grimasse die eines Eckenstehers. Seine spanische Aussprache klingt stark nach dem Norden der Stadt Cork.

Hola y buenas noches, sagt er.

Er wartet einen langen Takt ab, schaut über die Schulter, ruft zu Maurice zurück.

Keine Antwort, Moss. Immer noch die Leichenbittermiene.

Maurice schüttelt traurig den Kopf.

Ich hasse diese verfluchte Ignoranz, sagt er.

Charlie versucht es noch mal.

Hola? 'tschuldigung? Ich würde gern rausfinden, wann dieses nächste Boot reinkommt, das aus Tanger? Oder … rausgeht?

Melancholisches Schweigen; eine Geste.

Charlie schaut zurück zu seinem Freund und äfft das Achselzucken des *informaciónista* nach.

Ich krieg hier bloß hochgezogene Schultern.

Habla Inglés musst du zu ihm sagen, Charlie.

Aber Charlie wirft nur die Hände in die Luft und schlurft zurück zur Bank.

Habla am Arsch, sagt er. Alles, was der macht, ist mit den Achseln zucken und mich blöd anglotzen.

N Flunsch wie in ner schlechten Ehe, sagt Maurice.

Er fährt scharf herum, kreischt in Richtung Schalter – Zieh nicht so nen verfluchten Flunsch! – und grinst jetzt amüsiert.

Maurice Hearnes munteres, schiefes Grinsen zeigt sich ziemlich häufig. Sein linkes Auge ist matschig und tot, das andere seltsam irre, als wäre zum Ausgleich doppelt Leben darin. Er trägt einen schäbigen Anzug, ein schwarzes Hemd mit offenem Kragen, weiße Laufschuhe und, keck auf dem Hinterkopf, eine schwarze Melone. Geckenhaft, keine Frage, aber wohl eher früher mal.

Dem Bürschchen hast du's aber gezeigt. Ihm Benimm beigebracht.

Charlie Redmond? Das Gesicht wirkt irgendwie antik, wie das eines Hofmusikanten vielleicht, mittelalterlich, das Gesicht eines Mannes, der seine Laute für dich schlagen würde. In einem mädesüßen Winkel. Heiße Ehebrecheraugen und wieder ein schäbiger Anzug, aber gepflegte Schuhe in einem rostigen Orange, ein Paar Creepers mit Raulederfinish und dicken Sohlen, die von Bordellen wispern. Gleichfalls ein hübscher grüner Cordschlips. Dazu ein Magenleiden, Tränensäcke wie Grabhügel unter den Augen und Seelenschmerz.

Auf dem Boden, zwischen den Füßen der Männer, liegt eine gammlige alte Adidas-Sporttasche.

Nach all den Jahren, die wir schon herkommen?

Aber echt.

Sollte man doch meinen, wir hätten die Sprache drauf.

Sind eben schwer von Begriff, Maurice.

Du sagst es. Der arme kleine Maurice Hearne aus Togher hockt ganz hinten in der Klasse und passt auf die Mäntel auf.

Jetzt zuckt die knochige Spitze von Charlies Rüssel und wittert einen Stimmungswandel im Terminal.

Policía, sagt er.

Wo?

Keine Augen im Kopf? Da.

Macht mich richtig gottesfürchtig. Krieg dein Gesicht unter Kontrolle, Charlie.

Soll ich dir was sagen, Moss? Auf deine Chancen im Knast von Algeciras würd ich nicht wetten. Weißt du, was ich meine? Gemischte Zelle und so?

Ich bin zu hübsch für ne gemischte Zelle, Charlie. Binnen ner halben Stunde wär ich jemands Schatz. Pedro, komm rein hier, dein Dinner wartet.

Die *policía* verschwindet wieder in der Menge.

Die jeden Moment dichter wird.

Keiner weiß, was heute Nacht hin oder her die Meerenge queren wird – auf der anderen Seite wird debattiert; in Tanger gibt es Ärger, und nicht zum ersten Mal.

Das kann noch Stunden dauern, Maurice.

Vor dem Dreiundzwanzigsten werden sie nicht losziehen. Noch ist nicht Mitternacht.

Klar, aber vor welchem Ende des Dreiundzwanzigsten? Fünf nach zwölf heute Nacht? Fünf vor zwölf morgen Nacht? Ist beides der verfluchte Dreiundzwanzigste. Vielleicht müssen wir den ganzen Tag ausharren.

Die hohen Fenster demonstrieren die komplexen Lichtverhältnisse im Hafen von Algeciras. Vom grellen Schein der Bogenlampen, von schwebenden Schadstoffen und von der abstrahlenden Hitze der Oktobersonne ist die Luft dick und rauchig, das macht die Abendglut lebendig und dicht. Sie ist mehr als schwer genug für die Geister, die sie hier über uns gefangen hält.

Aus den Tannoys der PA schallt eine Ansage – eine Springflut schneller spanischer Konsonanten im scharfen andalusischen Idiom –, und die Männer reagieren genervt auf die Störung. Die Ansage wird immer atemloser und chaotischer – wir befinden uns in den Vororten der Hysterie –, und die Männer, der Sprache nicht mächtig, sind verwirrt und aufgebracht.

Irgendwann verrauscht die Ansage und endet; sie wenden sich einander zu.

Das bringt uns jetzt auch nicht groß weiter, oder, Maurice?

Nein, Charlie, nicht wirklich.

Maurice Hearne steht von der Bank auf und reckt sich zu voller Länge. Besorgt lauscht er dem Knacken seiner Gelenke – verfluchter Wichs. Er betastet die echsenhaften Knubbel seiner Wirbelsäule.

Herr Jesus in Gethsemane, sagt er.

Ermattet blinzelt er zu den hohen Fenstern hin, und nun, mit einem schnellen, stummen Blick, befragt er seinen alten Freund; von Charlie Redmond kommt schlaff ein zustimmender Seufzer.

Die Männer nehmen Stapel lasergedruckter Flyer aus der Adidas-Tasche. Jeder zeigt das Bild eines etwa zwanzigjährigen Mädchens. Das Mädchen heißt Dilly Hearne. Ihr Aufenthaltsort ist ungewiss.

Geht da um so n junges Mädchen, das wir suchen, sagt Maurice.

Die Tochter dieses Mannes hier, nach der suchen wir. Der gute Mann hat sie seit drei Jahren nicht gesehen.

Foto ist n bisschen alt inzwischen, aber sie posiert wohl immer noch genauso rum, würd ich sagen.

Maurice! Die Leute haben nicht den verfluchtesten Schimmer, was Posieren heißt.

Foto ist alt inzwischen, aber sie … sieht wahrscheinlich immer noch ziemlich genauso aus, würd ich sagen.

Sie ist klein. N hübsches Mädchen. Wahrscheinlich hat sie auch noch die Dreadlocks.

Dreadlocks, wissen Sie? Bob Marley? Jah Rastafarai?

Könnte auch nen Hund dabeihaben oder zwei, würd ich sagen.

Hund an nem Strick, so was?

Ist n hübsches Mädchen. Sie ist jetzt dreiundzwanzig Jahre alt. Wird schon noch n Rasta mit Dreadlocks sein.

Weißt du, was wir brauchen werden, Charlie?

Was denn, Moss?

Das spanische Wort für abgerissen.

Abgerissene Typen?, versucht es Charlie. Haarige Affen? Die New-Age-Traveller-Sorte? Nennt ihr die so?

Und außerdem –

Mir ja egal, Maurice, aber die Wichser hier haben doch die ganze Idee vom Abgerissensein überhaupt erst erfunden.

Weil sie das Wetter dafür haben, Charlie. Lungern an ihren schwarzen Sandstränden rum. Mit all den Mädchen und den Hunden.

Das eine oder andere weiß ich wohl noch, Moss. Wenn ich drüber nachdenke. Ich meine, sprachmäßig.

Klär mich auf, Charlie.

Supermercado.

Was wär das bei uns zu Haus?

Tesco.

N paar Worte fallen mir auch noch ein. Zum Beispiel … *gorrión?*

Gorri-was?

Gorrión! Aus meiner Zeit in Cádiz … Hab ich dir je erzählt, dass ich mal mit ner älteren Lady zusammen war, Charlie, in Cádiz?

Fast wär's mir selber wieder eingefallen, Maurice.

Wir haben immer die Nacht durchgevögelt, Charles.

Da warst du auch noch jünger.

Und weißt du, was sie morgens für mich gemacht hat?

Bin ganz Ohr.

Mit Spatzen hat sie mich gefüttert, Charlie.

Die fressen verdammt noch mal alles, oder? Diese Leute?

Gorrión! Spatz!

Wenn's nicht angenagelt ist, fressen sie's. Ab in die Pfanne und in den Wanst. Muss aber doch eins a fettig gewesen sein, Moss? So n kleiner Spatz?

Fettig wie John Travolta. Und nicht grad viel Protein auf den Knochen, muss man sagen.

Mal so unter uns, Maurice? Mein Arsch macht Sperenzchen, seit wir in Málaga diesen Tintenfisch gegessen haben.

Sagt er dir Hallo, Charlie?

Tut er, ja. Und natürlich war der Tintenfisch nicht das Schlimmste an Málaga.

Wirklich nicht, nein.

Nicht im Entferntesten, Mann.

Der Klang der Nacht im Hafen von Algeciras –

Das nachrichtliche Rauschen der Tannoys.

Das harte, insektenhafte Dröhnen der Polizeiboote auf dem Wasser.

Das sanfte Gemurmel der quirligen Menge im Terminal.

Draußen –

Ein Kampfhund kläfft die Sterne an.

Ein Jet von der Luftwaffenbasis bricht durch den Himmel.

Drinnen –

Ein schwachsinniger Junge singsangt ein arabisches Gebet.

Ein Espressobrühkopf sprudelt wie Gelächter.

Und Charlie Redmond reckt die langen Spinnenbeine, kreuzt sie an den Knöcheln, knetet seine Finger, verschränkt die Arme hinter dem Kopf und schaut nach oben, um über die Deckenwölbungen des Fährgebäudes und die Wechselfälle des Lebens zu sinnieren, die uns alle betreffen.

Weißt du, was tragisch ist, Maurice?

Was denn, Charlie?

Ich hab seit vierundneunzig in keinen Spiegel mehr geschaut.

Du sahst toll aus zu deiner Zeit, Charlie.

Umwerfend! Und scharf wie n Messer.

Maurice dreht sich nach links, dann nach rechts, um den Knick aus seinem Nacken zu kriegen. Bilder ziehen ihm durch den Kopf. Der Wald von Ummera im Norden von Cork, wo er seine ersten Jahre verbracht hat. Und Dilly als kleines Mädchen, wie er mit ihr durch Londons grauweißen Winter spaziert ist, die Stroud Green Road. Und Cynthia in dem Haus über Berehaven, auf den sonnenüberfluteten morgendlichen Laken.

Ich war wohl n eher unwahrscheinliches Sexsymbol, sagt er. Ich meine, schau dir meine Fresse an, wenn man die nur beschreiben würde, könnt sich das keiner vorstellen. Aber irgendwie?

Das hat schon was Magisches. Oder hatte, Moss. Hatte.

Sie schauen in die Ferne. Schicken ihre Seufzer aufwärts. Das Reden ist ein Schutzschild gegen Gefühle. Sie nehmen die Flyer und stehen wieder auf. Sie halten sie den Passanten hin – wenige werden genommen. Mitgefühl zeigt sich in sanft niedergeschlagenen Blicken. Die Vermissten bilden hier eine stumme Armee.

Sie heißt Dill oder Dilly, sagt Charlie.

Vielleicht war sie in Granada? Vor nicht allzu langer Zeit.

Sie könnte so ne ganze Schar bei sich haben, würd ich sagen. Die treten doch immer in Gruppen auf, oder?

Wenn's Affen sind, in Horden.

Dilly Hearne, dreiundzwanzig, n hübsches Mädchen mit Dreads und Hunden, und sie hat blassgrüne Augen.

Hat sie von ihrer Mutter. Die Mutter war ne Protestantin aus Kinsale.

Gott gebe ihr Frieden.

Grüne Augen und ziemlich klein. Dill oder Dilly?

Maurice?

Charlie hat einen jungen Mann das Terminal betreten sehen. Jetzt bemerkt ihn auch Maurice. Er ist in den frühen Zwanzigern, trägt Dreads, Kampfhosen, Stiefel aus dem Army-Shop und einen leger über nackte Haut geworfenen Rucksack. Er führt einen Hund am Strick. Er wirft den Rucksack ab. Er ist tief gebräunt. Staub hat sich in seine Haut gerieben – der rote Staub der Berge. Er holt einen Literkarton *vino tinto* heraus, nimmt einen Napf aus seinem Rucksack, gießt ein bisschen Wein hinein und bietet ihn seinem Hund an. Er redet mit einem ländlichen englischen Akzent aus dem West Country.

Cheers, Lorca, sagt er. Auf dein Wohl, mein Freund.

Maurice und Charlie schauen interessiert zu. Sie wechseln einen nüchternen Blick. Der Hund schleckt an dem Wein; der junge Mann tätschelt ihn und lacht. Maurice und Charlie nähern sich ihm. Mit einem stummen Lächeln stehen sie vor ihm. Sofort blickt er mit merklicher Angst auf und ergreift den Strick, als müsste er den Hund zurückhalten. Maurice lenkt sein Lächeln auf den Hund, klemmt die Zunge zwischen die Zähne und zischt ein hartes

Ksssssssst!

Aber Charlie Redmond? Der kann mit jedem Hund. Er streckt Lorca eine lange Hand hin, greift nach seiner Pfote und schüttelt sie. Mit der freien, flachen Hand streichelt er den Hund sanft über den Augen, hypnotisiert ihn, und sofort ist der Hund verschossen.

Maurice und Charlie sitzen in einer Oktobernacht auf der Bank gleich westlich des mit INFORMACIÓN gekennzeichneten Schalters im Fährterminal von Algeciras und haben den abgerissenen jungen Mann zwischen sich eingeklemmt.

Alle drei denken über das Gelächter nach, den liebestrunkenen Hund.

N hübsches Kerlchen, oder?, sagt Charlie.

Richtiges Schätzchen, sagt Maurice.

N braves altes Schätzchen, sagt Charlie. Wie heißt er noch gleich?

Er heißt Lorca.

Und du?

Benny.

Guter Mann, Ben.

Benny und Lorca. Hübsch. Ist nach dem kleinen Flügelflitzer benannt, oder? Der mal bei Real war? Ungefähr zur selben Zeit wie Zidane?

Der alle schwindlig gespielt hat? Auf nem Bierdeckel?

Kleine Flügelflitzer hab ich schon immer gemocht, sagt Charlie. Nix auf den Knochen, aber fix.

Flinker kleiner Dribbler, sagt Maurice. Bringt deinen Kreislauf auf Trab, wenn du den blocken willst.

Warst du nicht auch mal einer von der Sorte, Moss?

Na ja, zumindest hatt ich nen schnellen Antritt, Charles.

Auf den ersten fünf Metern warst du gut.

Aber miserable Ballführung, Charlie.

Du warst schon immer zu streng mit dir.

Benny steht auf und greift nach seinem Hund – er möchte weg von diesen seltsamen Herrschaften.

Jungs, ich denke, ich muss mal weiter, sagt er.

Aber Charlie hebt eine freundliche Hand, lässt sie für einen Moment der Komik dort schweben, und dann liegt sie wie eine Zwinge auf der Schulter und drückt den jungen Engländer fest auf die Bank zurück.

Es hetzt dich doch keiner, Ben. Weißt du, was ich meine?

Aber, hört zu, sagt Benny.

Maurice fährt hoch und schiebt sein Gesicht im Stehen ganz nah an Bennys heran.

Dilly Hearne heißt das Mädchen, sagt er. Dill oder Dilly?

Sie wär jetzt dreiundzwanzig Jahre alt, so Pi mal Daumen, sagt Charlie.

Ich kenn keine Dill oder Dilly! Ich kenn keine …

Irin?

Ein paar Irinnen kenn ich schon.

Tatsache?, sagt Charlie.

Aber keine Dill oder Dilly. Also …

Wo hast du diese Irinnen kennengelernt? Wo genau, Ben? Das war doch in Granada, oder?

Keine Ahnung! Ich meine, ich hab haufenweise verdammte …

Benjamin! Wir wollen doch gar nicht behaupten, dass ihr euch alle kennt oder so. Bestimmt gibt's hier in Spanien ne halbe Million von euch süßen Kindern. Nach Lage der Dinge.

Charlie flüstert –

Weil ihr das Wetter dafür habt.

Maurice flüstert –

Und ihr schlaft an den Stränden.

Wie die Herren der Natur, sagt Charlie.

Unter den besternten Himmeln schlaft ihr, sagt Maurice.

Charlie steht auf und deklamiert –

Der Himmelsbaum der Sterne, behangen mit feuchter nachtblauer Frucht. Von wem ist das, Maurice?

Ich glaub, vom großen Barden, Charlie. Oder vom kleinen Stevie Wonder.

Ein Genie, der kleine Stevie.

Mit einem klugen Priesterlächeln hinkt Charlie hinter die Bank. Legt einen freundschaftlichen Arm um Bennys Hals. Beugt sich vor, um ihm ins Ohr zu flüstern –

Die Mädchen und die Hunde allesamt in süßen Haufen an den Stränden, und das Firmament himmlisch über euch ausgebreitet.

Da liegst du, Ben, sagt Maurice, und schaust rauf. Weißt nicht, ob du schwebst oder fällst. Glaubst du, er kann das Meer hören, Charlie?

Ganz ohne Zweifel, Maurice. Es plätschert. Leise. An den Rändern seiner Träume.

Weißt du, was er nicht in seinen Träumen haben will, Charlie?

Was denn, Moss?

Uns Wichser.

Sie ist n kleines Mädchen, Benny. N hübsches Mädchen. Und weißt du, was das Ding ist? Man hat uns gesagt, sie sei unterwegs nach Tanger.

Oder womöglich von Tanger hierher.

Am Dreiundzwanzigsten des Monats. Egal welche verfluchte Richtung. Der Dreiundzwanzigste ist es.

Das hat uns n junger Mann in Málaga gesteckt.

Weil der junge Mann grad mal in Plauderstimmung war.

Maurice geht wieder näher an Benny heran und mustert ihn. Seine Miene hat etwas von Flussanrainer. Etwas Biber- oder Wieselhaftes. Er liest in den blassblauen Spritzern der Iris des Jungen. Der wird vielleicht nicht lange leben, denkt er. Hat was Gehetztes da drin. Hat Schiss, und das mit Recht. Jetzt vertraut ihm Maurice sanft an –

Schau mal, die Vermisste ist meine Tochter, Freundchen. Kannst du dir vorstellen, wie sich das anfühlt?

Charlie spricht genauso sanft –

Hast du selbst so Knirpse, Ben?

Irgendwelche Nachkommen, Ben? So haarige kleine Sprösslinge, die dich ins Joch spannen?

In Bristol oder irgendwo?, sagt Charlie. Irgendwelche Benjamin-Junioren, die du verlassen hast? Aus irgendeiner armen, abgefuckten Dummfotze rausgefallen, die sich von deinem Schmachtblick hat einwickeln lassen.

Der du deine Böhnchen reingejagt hast, sagt Maurice.

Benny schüttelt den Kopf. Er schaut sich Hilfe suchend um, bleibt aber allein mit seinem Dilemma.

Du hast doch Mitgefühl, Benny. Bist n netter Kerl. Das seh ich dir an. Also versetz dich mal in mich rein, ja? Stell dir vor, nach drei Jahren, was du da alles tun würdest, um dieses Gefühl loszuwerden. Weil mein Herz! Mein Herz hat sich losgerissen und treibt sich in der verfluchten Welt rum. Und man hat uns gesagt, dass sie nach Tanger unterwegs ist, Dilly, und mit Leuten ihres Schlages reist.

Ich weiß nicht, sagt Charlie, setzt sich wieder hin und wedelt mit einer trägen Hand. Vielleicht kommt in Algeciras ja ein Konvoi zusammen? Um den Winter in Afrika zu verbringen, sich die Sonne auf die kleinen Heidenärsche brennen zu lassen. Wunderbar. Und überall um euch rum ta-ta-tanzen bunte Vögelchen. Rosa, grün und gelb seh ich die kleinen Piepmätze. Alle total lieb. Also, ist das der Plan, Benjamin? Ben? Du bist n bisschen blass geworden, Junge.

Was ich machen werde, ist, ich frag dich jetzt noch einmal, Benny. Dilly Hearne? Dill oder Dilly?

Ich kenn keine verdammte Dilly!

Jetzt faltet Charlie beide Arme um den Hals des Jungen.

Weißt du, was ich glaube, Maurice?

Was denn, Charlie?

Ich glaube, dieser Kerl hier ist ein mieser Wichser.

Das ist aber ein ziemlich drastisches Urteil, Charles.

Benny macht Anstalten, sich aufzurappeln, aber Charlie drückt ihn mit einem Lächeln und Gewalt zurück auf die Bank.

Schau, was passiert, Benny, sagt er, bei all der Selbstbefleckung, und das ist bloß meine persönliche Meinung, Junge, also einfach meine Theorie, weißt du? Meine Art von … morbider Spekulation. Aber was bei der Selbstbefleckung passiert, das ist nicht einfach bloß der verschleuderte Samen, nicht die verlorene Essenz. Was nach meiner Theorie passiert, und ich hab ziemlich viel drüber nachgedacht, ist eigentlich –

Ein Philosoph, sagt Maurice. Dieser Bursche hier. Charles Redmond aus Farranree.

Schau, was meiner Meinung nach bei der ganzen Wichserei passiert, ist, dass das Hirn drunter leidet und das Gedächtnis angegriffen wird.

Das Gedächtnis?, sagt Maurice.

Und schnippt scharf mit den Fingern.

Futsch, sagt er.

Und es hat gar keinen Zweck, jetzt zu schreien, Junge. Weil im Fährterminal von Algeciras?

Haben sie schon viel Schlimmeres gehört.

Und ich will dir mit dieser Spekulation auch nicht zu nahe treten. Aber ich muss schon sagen, dass du total wie n verdammter tierischer Selbstbeflecker rüberkommst, weißt du?

Maurice ruft –

So, dass ein Arm länger ist als der andere!

Und er steht auf und zieht Lorca am Strick, als wolle er mit ihm abhauen.

Jetzt komm schon, sagt er. Wär es nicht ne verflucht grässliche Geschichte, wenn Lorca hier im Hafen von Algeciras ohne Kopf aufwachen würde? Wie in nem Albtraum, Ben.

Es ist n grässlicher Ort.

N entsetzlicher Ort.

Einer von der Sorte, wo Sachen blitzschnell aus dem Ruder laufen können, Ben. Passt du auf?

Dilly. Hast du Dill gesehen oder nicht?

Sie ist n kleines Mädchen.

N hübsches Mädchen.

Dill?

Oder Dilly?

Als der junge Mann endlich antwortet, ist seine Stimme dünn und zittrig.

Kann schon sein, dass ich sie mal in Granada gesehen hab, sagt er.

Es ist ein ungeheures hibernisches Dilemma – eine kaputte Familie, eine verlorene Liebe und der ganze melancholische Rest –, und eine hibernische Kur dafür wird vorgeschlagen: Scheiß drauf, wir gehen einen saufen.

Sie bewegen sich in Richtung Cafeteria. Als spazierten sie durch einen lauen Abend. Der junge Benny wird sorgsam in die Mitte genommen, als sie mit der Rolltreppe hinauffahren – er könnte jetzt stiften gehen, kriegt aber irgendwie die Kurve nicht.

Die Bar wartet trostlos im grellen Licht ihrer Neonleuchten. Spinnt den Faden ihrer Stimmen. Die Männer setzen sich auf Barhocker, die beim Drehen rostig quietschen. Dies ist ein Ort, an dem die Zeit fast hörbar vergeht. Charlie und Maurice sitzen zu beiden Seiten des jungen Mannes. Alle drei trinken Bier aus kleinen Gläsern. Darunter hockt glücklich Lorca an Charlies Griff und Zügel.

Wie findest du Spanien, Ben?

Ganz okay.

Ich und dieser Mann hier kommen hier schon seit ner ziemlichen Weile her. Von wie lange reden wir da, Maurice?

Zweiundneunzig, Charlie, würd ich sagen. Dreiundneunzig?

Die Zeit! Ist wie Flaum in ner Brise, Benny.

Benny? Du ziehst so einen Trauerflunsch. Mach dich mal locker. Wir trinken doch nur n bisschen *cerveza* und befeuchten uns die Kehle.

Charlie beugt sich nach unten und spricht liebevoll mit dem Hund.

Wer ist mein Liebling Nummer eins?, sagt er.

Der Hund verdreht die Augen. Charlie weiß auf der Stelle, nach welcher Pfeife ein Hund tanzt, und bläst hinein. Jetzt fängt er an, im Flüsterton Fußball zu kommentieren –

Zidane am Ball … schlägt Haken auf nem Bierdeckel … schaut hoch … spielt in den Sechzehner … Raúl! … Raúl verpasst, der Keeper hat ihn … nein! Er lässt ihn fallen! … und da kommt Lorca und verwertet den Abpraller … das Bernabéu feiert ihn.

Maurice beugt sich nah zu Benny, um ihm vertraulich mitzuteilen –

Charlie Redmond? Meiner Meinung nach? Ist ein Mann, der instinktiv mit Hunden kommuniziert. Weißt du, was ich meine?

Ich hab keinen verdammten Schimmer, Mann.

Sie stehen praktisch auf und reden mit ihm.

Ach ja?

Jetzt konsultiert Charlie den Hund und lauscht ihm aufmerksam.

Hört ihr's? Er meint, Raúl war der egoistischste kleine Giftzwerg, der je Fußballschuhe getragen hat. Hat nie im Leben nen einzigen Ball abgespielt.

Bei einem Mittelstürmer wünscht man sich das aber eher, sagt Maurice. Ich war genauso drauf, und ich kam über halblinks.

Du hattest nie Raúls Ballbeherrschung, Maurice, wenn du mal fair bist.

Ich hab nie behauptet, ich hätte auf Bernabéu-Niveau gespielt.

Charlie beugt sich wieder nach unten, als würde er weiter dem Hund lauschen.

Was meint er, Charlie?

Er meint, der Junge da erzählt uns nicht mal die halbe Wahrheit, Moss.

Also, sagt Benny. Danke für das Bier, aber ich muss jetzt los. Wirklich.

Maurice wirbelt auf seinem quietschenden Hocker herum und stößt Benny den Daumen ins Auge. Der junge Mann schreit auf, aber Maurice beugt sich vor und erstickt den Schrei mit seiner flachen Hand.

Mal ehrlich, Ben?, sagt Charlie. Die haben im Terminal von Algeciras wirklich schon viel Schlimmeres gesehen.

Ich für meinen Teil glaub ja, das hier ist einer der fiesesten Orte der Welt, Ben.

Charlie hebt prüfend die Nase, schaut besorgt drein –

Also, schnupper doch bloß mal, wie der verfluchte Laden mieft. Riechst du die alten Geister? Stinkt nach Knochen und Asche.

Sind sie unterwegs, Benny, was meinst du?

Keine Ahnung, von wem du redest.

Dill? Oder Dilly?

Wann war sie noch gleich in Granada, Ben?

Bitte, sagt Benny. Bitte hört auf.

Okay. Wissen wir ja. Alles, was du willst, ist dein übliches Ding machen. Verstehen wir.

Benjamin?, sagt Charlie. Der will an nen schwarzsandigen Strand. Er will Scheiße reden. Er will nen Kreis von wippenden Dreadlocks um sich rum. Er will, dass ihm die Mädchen und die Hunde an den Lippen hängen. Er will seelenvoll ins Mondlicht starren. Will den ganzen Blödsinn über die Sterne, Kraftlinien, Jah Rastafarai und die magische Bedeutung der Zahl 23 absondern.

Der Wichser würde nicht etwa losgehen und sich nen Job besorgen, oder?

Keine Angst.

Also!, sagt Benny. Bin dann weg.

Maurice beugt sich vor, stößt ihn auf den Hocker zurück, beißt ihn in die Schulter. Charlie erstickt den Schrei, indem er die Fingerspitzen fest auf seinem Mund platziert.

Ben? Ist ja nichts Schlimmes passiert.

Sind sie unterwegs, Benny, was meinst du?

Ich weiß von nichts. Ich kann euch da nicht helfen. Mag sein, dass ich mal in Granada ne Dilly gesehen hab. Ist aber lange her.

Charlie klettert traurig von seinem Hocker. Er nimmt den Hund am Strick. Entfernt sich von den beiden anderen und dreht ihnen den Rücken zu. Atmet tief durch, als müsste er sich schwer beherrschen.

Maurice legt Benny eine väterliche Hand auf die Schulter.

Mal vorweg, Ben? Tut mir leid, dass ich dich in die Schulter gebissen hab. War nicht angebracht. Ist kein guter Benimm. Aber ich hab ne schlechte Erziehung genossen, weißt du? Ich hatte nicht deine Vorteile. Ich würd sagen, dein Alter hat irgendwo in der Verwaltung gearbeitet oder so, stimmt's? Oder ne Freizeitanlage betrieben? Ist oft der Fall. Bei deiner Sorte. Bei den Affen. Ich dagegen? Bin in ner Reihenhaussiedlung geboren, in die nie die Sonne schien. Mit vier musst ich schon arbeiten. Später dann nach Cork rein. War Busschaffner, um ehrlich zu sein, in der Acht, die nach Luke's Cross rausfährt. Aber das ist jetzt alles lange her, das waren die süßen Tage meiner Jugend, und die kommen nicht zurück. O nein, ganz bestimmt nicht. Und nie hätt ich gedacht, dass ich mal so enden würde wie jetzt hier. Als Mann mit gebrochenem Herzen. Als Mann, der seine Dilly drei verfluchte Jahre lang nicht gesehen hat. Kannst dir vorstellen, was das mit einem macht? Aber ich bitte nochmals um Entschuldigung, Benny. Wirklich. Reden wir jetzt wieder miteinander?

Benny nickt verhalten; er hat ernsthaft Schiss.

Na, dann hör mir zu und pass gut auf, ja? Weil du siehst doch diesen Mann da? Charlie Redmond? Aus Farranree? Siehst du, was er macht? Er versucht, sich zu beherrschen, Ben. Er versucht, seine Wirbelsäule zu artikulieren.

Er ruft zu Charlie hinüber –

Artikulierst du deine Wirbelsäule, Charlie?

Wenn ich sonst nichts mach, artikulier ich meine verfickte Wirbelsäule, Moss.

Das ist ne gute Nachricht, Ben, weil wenn er sich nicht entspannt? Dann ist Gefahr im Verzug. Also, ehrlich. Charlie Redmond? Ein Gentleman. Und Philosoph. Ein so feinsinniger Mensch, dass er sich physisch mit den empfindsamsten aller Kreaturen, was die Hunde sind, austauschen kann. Charlie Redmond? Selbst so loyal wie n alter Hund, und wild! Wenn es sein muss. Und ich will dir sagen, seit sie nicht größer war als ne kleine Forelle? War Dilly Hearne sein Liebling. Was hat er einen Narren an ihr gefressen. Vier, fünf Abende die Woche war er bei uns, hat ihr Comics, DVDs mitgebracht und ihr Süßigkeiten zugesteckt, und wenn er mal nicht aufgetaucht ist, schaute sie oben aus dem Fenster, wo ist mein Onkel Charlie? Und jetzt isses drei Jahre her, dass wir Dilly zuletzt gesehen haben, und du kannst dir vorstellen, wie das für mich als Vater des Mädchens ist, ich war in der Hölle. Aber Charlie Redmond? Für den isses doppelt schlimm. Kein Frieden, kein Trost, bevor seine Dilly nicht wieder bei ihm ist.

Charlie kehrt zu dem Paar zurück, mitsamt dem glücklichen Hund. Er knöpft seine Anzugjacke auf, nimmt ein Messer heraus, sieht sich vorsichtig um. Er zeigt Benny das Messer – von beiden Seiten. Steckt es wieder in die Jacke.

Wär doch schlimm, wenn ich dem verfluchten Köter den Kopf absäbeln müsste, Ben, weißt du, was ich meine? Also sag mir jetzt: Soll Dilly herkommen, was meinst du? Dilly Hearne?

Sie ist n kleines Mädchen.

Sie ist n hübsches Mädchen.

Auf der Bank gleich westlich des mit INFORMACIÓN gekennzeichneten Schalters sitzen Maurice und Charlie erneut mit Benny zwischen sich. Charlie hat den Hund am Strick und singt ihm leise etwas vor.

So zwischen dreizehn und vierzehn, sagt Maurice, wurde alles n bisschen laienspielmäßig mit Dilly. Die Haut ritzen. Stimmen in der Nacht. In den Wald von Ummera abhauen und sich lebendig begraben. Ihre Mutter und mich nicht mehr anrufen. Nicht mal ne SMS. Wir gehen die Wände rauf. Ihro Ladyschaft steckt bis zum Hals im verfluchten Dreck. Das war hart, Ben, wirklich, mit diesen oscarreifen Vorstellungen umzugehen, weil, als sie noch jünger war? War sie einfach ...

N Schätzchen, unterbricht Charlie sein Lied.

N tolles Kind. Hat mit dir ferngesehen. Sich die Lunge aus dem Leib gelacht. Das leise Kichern? Ich hör noch heute das Echo in meiner Brust.

Ist sie unterwegs hierher, Ben?

Aber haste nicht gesehen, sagt Maurice, ist sie vierzehn Jahre alt, und sie fängt an, auf Musik zu stehen, auf Bücher über weiße Magie, und ihre Zimmertür ist abgeschlossen, und sie hockt da drin wie n verfluchter Haufen gärender Kompost. Mit soo ner Miene.

Wie's aussieht, sagt Charlie, kommt wohl n Konvoi von euch in Algeciras zusammen. Die einen unterwegs nach Tanger, die anderen auf dem Weg zurück. Geht wohl drum, wer auf die Hunde aufpasst. Zumindest legt uns das unser Freund in Málaga nahe.

Hast du vor, in Marokko zu überwintern, Ben?

Kommt jemand zurück und passt für dich auf den Hund auf? Läuft das so? Und ihr macht euch immer am Dreiundzwanzigsten des Monats auf den Weg?

Von wegen der magischen Bedeutung der Zahl, sagt Maurice.

Denkst du, wir lassen das mit Marokko zu, Ben?

Denkst du, wir wissen nicht, wie es in Marokko läuft? Da geht n Mädchen verloren, und womöglich taucht es nie wieder auf.

Wir sind seit 1994 ständig in Marokko, Junge.

Charlie Redmond? Dieser Mann hier? Ist der Einzige, den ich kenne, der jemals Dope *nach* Marokko geschmuggelt hat.

Ach, da gibt's viele alte Geschichten, Ben, viele Abenteuer. Dieser Bursche hier? Maurice Hearne? Weißt du, dass du da jemand vor dir hast, der seinen Broterwerb mit dem Tausch Ziegen gegen Dope im Hohen Atlas bestritten hat?

Geschichten könnten wir erzählen, Benny. Hast du jemals probiert, nem Typen in Marrakesch dreihundertfuffzich Ziegen abzuhandeln?

Auf Pump.

Mit Corker Akzent.

Marokko? Wir wissen seit Jahren, was da läuft.

Jetzt erhebt sich Maurice und baut sich direkt vor Ben auf.

Wo sind all die Mädchen und die Hunde, Benny?

Warum, warum haben sie dich verlassen, Benjamin?

Jetzt hört doch! Ein- oder zweimal. Wenn's hochkommt! Öfter hab ich nicht mit Dilly gesprochen. Und das ist schon ne Weile her.

Blassgrüne Augen hat sie, sagt Maurice. Die hat sie von Cynthia, ner Protestantin aus Kinsale, weil, ich hab nämlich die Treppe raufgeheiratet, Ben. Man würde doch denken, sie hätte dem Kind n paar protestantische Manieren beigebracht.

Sie redet nicht viel, sagt Benny. Soviel ich von ihr weiß. Blieb meistens für sich.

Ein Durchbruch – Maurice und Charlie lächeln den Jungen an; jetzt sind sie freundlich, onkelhaft.

Sie hat die Sonnenräder gemacht, sagt Benny.

Die verfluchten was?

Sonnenräder heißt das. Was die Mädchen herstellen. Das sind so hölzerne ... Anhänger. Für den Hals. An heißen Tagen brennen die Mädchen das Design mit nem Vergrößerungsglas rein. Du kriegst einen für zehn Euro, drei für zwanzig. Auf den Märkten und so.

Herr im Himmel, sagt Maurice.

Ruhig, Moss.

Weißt du, dass das Mädchen die Mittelschule mit neun Einsen abgeschlossen hat?

Lass gut sein, Maurice.

Das fällt mir schwer, Charles! Ein Mädchen mit verflucht unbegrenzten Möglichkeiten! Und kaum guckst du weg, ist sie aus der Tür und ins verfluchte Spanien abgehauen, hängt sich an haarige Affen und verkauft Krimskrams am Straßenrand wie ne verfluchte Aussätzige! Und ich meine, im Alter von dreiundzwanzig? Ist sie immer noch so saublöd! Dumm wie n Stein! N verfluchter Wischmopp mit nem Pimmel dran könnte sie nach Marokko locken!

Warum ist sie weg?, sagt Benny. Habt ihr euch das mal gefragt?

Maurice und Charles grinsen sich verschwörerisch an.

Ho, ho, sagt Maurice.

Charlie hinkt gefühlvoll um die Bank herum und legt Benny die flache Hand auf die Schulter. Er spricht leise und freundlich.

Ich weiß nicht, ob du das hier schon so richtig kapiert hast, Ben. Aber du hast es mit echt fiesen Typen zu tun.

Maurice beugt sich mit breitem Lächeln hinüber.

Wir sind n schlimmes Paar, sagt er.

N irres, sagt Charlie. Vom Teufel gesandt.

Wann wolltet ihr denn so ungefähr rüber, Ben? Auf welchem Schiff? Gibt's da ne Vereinbarung?

Kann man mit Dilly in Algeciras rechnen, Ben?

Jetzt eröffnet Hundegebell einen Hallraum. Benny sieht hoffnungsvoll hin. Maurice und Charlie schauen einander an; Charlie hält Lorca am Strick zurück.

Zwei Mädchen tauchen auf.

Sie tragen Dreadlocks und schwere Rucksäcke.

Ihre Kleidung ist abgerissen, ihre Haut nussbraun.

Eins der Mädchen führt einen Hund am Strick.

ZWEITES KAPITEL

Die tätowierte Titte

In und jenseits der Stadt Málaga, Januar 1994

Im Café Central, an der Plaza de la Constitución, trank er *café solo* und wartete. Um ihn her das unablässige Gemurmel der andalusischen Alten. Sie zerknüllten ihre Servietten und warfen sie auf den Kachelboden. Die alten Männer spuckten aus, kniffen die Gesichter zusammen. Mandelbraune Haut. Die Luft blau vom Zigarettenqualm, der in sanften Schwüngen aufstieg. Die alten Damen trugen knöchellange Pelzmäntel gegen die Wintersonne. Sie schminkten sich die Augenbrauen in hohe, komische Bögen und sahen ständig überrascht aus. Auch die Kaffeemaschinen lachten und spuckten. Die Kundschaft trank *café solo* und *con leche* und *cortado* und heißen Kakao und verzehrte zuckrige Stangen lang gewundener *churros*. Nur ein paar Minuten zu spät traf ein beklagenswert dicker Mann aus Birmingham ein. Seine massige, fleischige Gestalt kam in einem Haufen sanfter Beschwerden zum Sitzen.

Du bist ein verdammter Kindskopf. Wenn du auch nur ein bisschen Verstand hättest, wärst du längst hier weg und über alle Berge. Und würdest nicht zurückschauen, Maurice. Verdammt noch mal nicht.

Er bestellte Kakao und eine *ración churros*, an der er mit winzigen, ängstlichen Bissen herumknabberte. Er sprach leise, als würden sie belauscht. Er lieh sich vom Kellner einen Stift, riss ein Blatt von dessen Notizblock und gab Maurice beides. Dann sagte er langsam eine Bankverbindung auf, eine halbwegs gesungene Litanei, als betete er. Man könne das nur auf eine Art machen, sagte er. Man zahle die Hälfte des Geldes vorab, erst dann werde es einem erlaubt, Karima zu treffen.

Du solltest mal deinen verdammten irischen Kindskopf untersuchen lassen. Und sei jetzt nicht beleidigt, mein Junge, meine Mutter stammt aus dem County Mayo. Aber diese Leute? Diese Leute sind eine sensationell schlechte Idee. Ich weiß, wovon ich rede. Die sind eine Liga zu hoch für dich. Du solltest diesen Zettel wegwerfen. Du solltest vergessen, dass du jemals mein Dutzendgesicht gesehen hast. Denn diese Leute, Maurice? Du lieber Gott, nein.

Er zahlte Maurice' Kaffee mit und drückte ihm fest die Hand, als er aufstand.

Denk noch mal drüber nach. Fahr nach Hause. Führ dein Leben. Besorg dir einen einträglichen Job. Mach ein paar Kinder, zum Teufel.

Wieder allein, nahm Maurice sich selbst in dem Café wie aus weitem Abstand wahr. An den Rändern verschwamm sein Blick – die Angst. Die Menge dünnte aus. Spanische Cafés funktionierten nach unerlernbaren Zeitplänen. Mal sind wir alle da, mal sind wir wieder weg. Pelzmäntel schleiften über den Kachelboden. Melancholische Kellner in weißen Hemden fegten die Servietten und die Kippen auf. Der Oberkellner, der aussah wie ein schnurrbartloser Salvador Dalí, trank einen Schwenker Cognac und war wiederhergestellt. Es war wie bei einer Beerdigung, die traurigen andalusischen Gesichter. Maurice kippte die letzten kalten Tropfen seines Kaffees und ging.

Auf den Straßen dämmerte es schon, und er lief mit der vollen Schwermut der Jugend dahin, und die Spatzencliquen zankten und hüpften fröhlich von den Mülltonnen. Auf der Alameda Principal ging er unter Palmen, an denen noch die Weihnachtsbeleuchtung hing und FELICIDADES buchstabierte, und er war ebenso erregt von seiner Angst wie von der Höhe der Summe. Ihm gefiel das unbeschwerte, rätselhafte Geplapper auf den abendlichen Straßen, und er versuchte, ein paar Worte zu erkennen. *Va-le*, hörte er immer wieder – *va-le* –, und es klang wie Bedauern, ein Seufzer. In einer Bar auf der Alameda fütterte er ein Münztelefon auf der Theke und wählte die Nummer des Apparats im Flur des alten Mehrfamilienhauses in St. Luke's Cross. Er spürte, wie sie die Treppe hinuntereilte, um dranzugehen, durch dieses verhexte Treppenhaus, und er zählte die Schritte, acht, neun, zehn, bis zu ihrer sanften Stimme –

Hast du ihn getroffen?

Hab ich, verflucht noch mal. Herr im Himmel.

Wirklich?

Ein breiter, schwitzender Arsch aus Birmingham. Hat mir immer wieder gesagt, ich soll verflucht noch mal nach Hause fahren.

Also ist es das jetzt, was meinst du?

Es findet morgen statt. Ich denke, es wird gut laufen.

Noch ist es nicht zu spät.

Cynthia, es wird gut laufen. Es geht um Landwirtschaft.

Ach, aber Maurice, hör mir zu.

Ich vermiss dich. Ich will dich dringend sehen.

Ja, das ist ja alles prima, bis …

Es wird gut laufen. Ich bin bald zurück. Ich kann dich noch hören.

Durch die Stadt schwärmten eilige Sardinengesichter. Die Flut des nächtlichen Verkehrs stieg. Die Hafenlichter schwankten festlich auf dem öligen Wasser. Um einen klaren Kopf zu bekommen und die Angst abklingen zu lassen, lief er bis zum Strand von Malagueta. Unterwegs erkannte er, dass in der Gegend nächtens Heroin im Umlauf war. Die schwere See wurde wie von gespannten Tauen im Zaum gehalten. Im Dunkeln saß er im Sand und lauschte der Nacht, dem Verkehr, dem schnellen, scharfen Zischen der andalusischen Stimmen.

Er beschloss, nicht zu schlafen. Wenn er nicht schlief, konnte er auch nicht von seinem Vater träumen.

Karima war um die vierzig, dünn und irgendwie luderhaft gut aussehend, mit sexy schlechten Zähnen, wenn sie den Mund aufmachte, um verächtlich riesige Mengen Zigarettenrauch einzusaugen, als könnten sie unmöglich die Gier ihrer Saharalunge stillen. Beim Inhalieren verzog sich ihr schmales Gesicht zu einer Grimasse, beim Ausatmen entspannte es sich zu einem Lächeln. Sie lenkte ihren schicken kleinen Wagen durch die neue Vorstadt hoch oben in den Hügeln von Málaga.

Du hast ein Gesicht, sagte sie. Das ist, wie heißt in den Filmen? In den Märchengeschichten? In Walt Disney?

Ich weiß nicht, ob mir das jetzt gefallen wird, sagte Maurice.

Ich meine die kleinen Wesen, sagte sie. Im Wald. Wie heißen die?

Im Fahren schüttelte sie den Kopf – sie konnte das Wort nicht finden. Sie bog auf eine noch nicht fertig ausgebaute Straße am höchsten Punkt der neuen Siedlung ab. Große, unheilvolle Vögel schwebten über den roten Hügeln. Auf der Jagd nach Eidechsen vielleicht. Die Wohngebäude waren weiß wie abgenagte Knochen und wirkten unbewohnt – es gab keine Autos. Tief unter ihnen glitzerte das Meer in der Wintersonne.

Elfen!, sagte sie.

Okay, sagte er.

Du bist ein Elf, sagte sie. Dein Gesicht.

Dann nichts für ungut, sagte er. Du meinst also, ich sehe elfisch aus. Wolltest du mir das sagen?

Elfisch?

Das heißt, wie ein Elf, oder mit den Eigenschaften eines Elfen.

Und gewiss fragten sie sich an diesem Punkt, wie es wäre, miteinander zu vögeln.

Sehr eigenartig, sagte sie.

Seine Mutter hatte immer gesagt, sie hätten ihn wohl im Wald von Ummera gefunden. Selbst schon als Kind im Buggy war er auf seltsame Frequenzen geeicht gewesen, so schien es. Karima parkte neben einem noch unverputzten Apartmentkomplex. Nirgendwo eine Menschenseele. Sie trug tief sitzende Jeans und ein blass zitronenfarbenes Adidas-Poloshirt; die Marke der Laufschuhe konnte er nicht erkennen. Sie zündete sich eine weitere Zigarette an und lächelte ihn an, wobei sie ihm ihre furchtbar schlechten, gelben, verlockenden Zähne zeigte und auch das warme Dunkel ihres Rachens. Sie führte ihn in die unfertige Wohnung und präsentierte ihm dort hundert Kilo säuberlich gestapelten marokkanischen Haschischs unterschiedlicher Qualität. Im Wesentlichen ging es hier tatsächlich um Landwirtschaft. Sie sagte, noch am selben Abend oder in den nächsten paar Tagen passe es gut. Er solle seine Leute schicken. Sie könnten sich im Hafen von Málaga treffen.

So es wird laufen, sagte sie. Du musst gar nicht nach Tanger.

Sie gingen wieder hinaus und stiegen in den Wagen.
Sie nahm einen anderen Weg und bog auf eine ungeteerte Allee ein.

Schauen wir noch was anderes an, sagte sie.

Sie führte ihn in eine weitere unfertige Wohnung. Sobald sie die Tür aufschloss, roch er den Gestank menschlicher Ausscheidungen. Ein Mann, der nur gelbe Vinyl-Fußballshorts trug, war an den Chromfuß einer Kücheninsel gekettet – die Augen verbunden und einen Knebel im Mund. Sonst gab es keine Möbel, die Wände waren unverputzt. Der Mann stöhnte dumpf und drehte sich um, zeigte seinen geknebelten Mund. Er war schweißnass vor Schmerzen. Ein langer, dunkler Bluterguss lief über seinen halben Oberschenkel.

Okay, sagte sie, und sie gingen wieder.

Sie stiegen in den Wagen, und sie lächelte.

Manchmal es läuft auch so.

Ach ja, sagte Maurice.

Sie schüttelte gemessen den Kopf – ihr Bedauern war liebreizend, mädchenhaft.

Er ist Franzose, sagte sie. Das sind alles Wichser.

Da liegst du mal goldrichtig, sagte Maurice.

Sie fuhr ihn zu einer Bar in den Bergen, leer bis auf den Wirt, einen dünnen, ernsten Mann fortgeschrittenen Alters. Er sah aus, als wäre alles genau so gekommen, wie man ihm immer prophezeit hatte. Mit anderen Worten, ein Katholik und nun völlig absorbiert von einer Wahrsagerin, die mit tiefer, rauchiger Stimme aus einem kleinen, über der Theke laufenden Fernseher sprach. Maurice fehlte das Vokabular, aber er begriff ohne große Mühe, dass die Wahrsagerin mit den Toten redete. Sie ließ ihre Handflächen über Schnappschüssen älterer Spanier schweben. Seelen in Form von Schemen auf Polaroids. Selbst als er ihre Biergläser aus dem Zapfhahn füllte, nahm der düstere Wirt nicht die Augen vom Bildschirm.

Glaubst du an die Toten?, sagte Karima.

Wie meinst du das?

Dass sie uns sehen können?

Hier unten?

Ja.

Jetzt?

Ja.

Ich hoffe nicht, verdammt.

Vielleicht können sie uns nur hören.

Karima kam aus dem Rifgebirge, aber jetzt lebte sie in Málaga. Als sie sich wieder dem aufgehängten Fernseher zuwandte, arrangierte er es so, dass er einen Blick in ihr Poloshirt erhaschen konnte. Oben auf ihre linke Titte war eine kleine 13 tätowiert. Da wusste er, dass sie eine große Rolle in seinem Leben spielen würde. Es war eine Art sensueller Prophezeiung. Unterhalb der Wahrsagerin lief eine Telefonnummer über den Bildschirmrand, und der Wirt holte einen Kuli hinter der Kasse hervor und notierte sie sich.

Karima wandte sich Maurice zu, und sie lächelte, als sie seine Augen in ihrem Ausschnitt fand.

Warum solltest du jetzt ausgerechnet daran denken?, sagte sie.

Auf dem Bildschirm hielt sich die Wahrsagerin die Hände vors Gesicht und stieß einen verzweifelten Schrei aus – jäh, durchdringend und unheimlich wie ein Eulenruf. Botschaften von anderswoher wahrscheinlich.

Scheiße, das verheißt nichts Gutes, sagte Karima.

Tja, aber das hier ist gut, sagte Maurice.

Am nächsten Tag flog Charlie Redmond ein. Charlie Red hatte noch nie in einem Flugzeug gesessen. Das schien sein Selbstbewusstsein noch einmal um einen Zacken gesteigert zu haben – was er gar nicht nötig hatte. Am ersten Abend lief er die Alameda hinauf und hinunter und benahm sich, als wäre er dort der Obermacker. Mit dem Rüssel in der Luft und wippenden Schultern taxierte er die flanierenden spanischen Mädchen, nickte heiter und gemessen, wenn sie vorbeigingen, wie ein Connaisseur, der den Duft von etwas sehr Wertvollem, Seltenem einatmet. Er trug einen zweiteiligen Gio-Goi-Tracksuit aus Velours, einen Kangol-Schlapphut und irgendwelche brasilianischen – scheiß-*brasilianischen!* – Sneakers. Die Sohlen waren aus Rohkautschuk, hatte Charlie ihm mit leiser Verwunderung anvertraut. Charlie kaufte sich jeden Monat *The Face* und *i-D*, verbrachte Stunden über den Modeseiten, vertiefte sich mit dem Habitus eines Experten darin.

Gibst du dir Mühe, auszusehen wie n verfluchter Drogenhändler?, sagte Maurice.

Drogenhändler?, sagte Charlie. Ich mach in Import-Export. Bin für ne Handelsmesse eingeflogen.

Sie saßen in einer Bar an der Alameda, tranken Bier und aßen Tapas.

Was ist das für n Scheiß, Moss?

Tintenfisch, Charlie.

Verarschst du mich?

Siehst du das nicht? Schau. Da sind all die kleinen Tentakel und so.

Und das sollen wir essen? Diese Leute haben voll einen an der Waffel.

Nervös nahm er ein Stück, kaute einen Moment lang misstrauisch, entschloss sich dann zu einem warmen, offenen Lächeln.

Lecker, sagte er.

Aber an einer Stelle unter Charlies linkem Auge zuckte es, als wäre ein winziger Vogel unter der Haut gefangen, was darauf hindeutete, dass dies ein schwieriger Abend war.

Sie nahmen ein Taxi zum Hafen, um Karimas Leute zu treffen und den Transport vorzubereiten.

Wir tun so, als täten wir das zum neunhundertachtundneunzigsten und nicht zum ersten Mal, sagte Maurice.

Charlie Redmond brauchte man das nicht zu erzählen. Die Sache mit Charlie war: Du nahmst ihn irgendwohin mit, und alle wussten Bescheid. Ein Blick, und sie wussten verflucht noch mal Bescheid. Ein einziger kurzer Blick in Charles Redmonds seelenvolle Augen, und sie wussten, dass dies auf jede Weise enden konnte.

Im Hafen von Málaga war der Nachthimmel bleich und ausgeblutet, und die Ankerketten und Takelagen der überwinternden Jachten plapperten nervös im leisen Wind. Im Leuchtkegel der Bogenlampen hockten die Möwen mit grausigen Comic-Augen. Nach kurzem Warten hielt ein Jeep, und ein schwergewichtiger, lächelnder Fahrer winkte sie mit einer ausladenden Pantomime zu sich.

Es geht los, sagte Maurice.

DRITTES KAPITEL

Barbarenküste
Im Hafen von Algeciras, Oktober 2018

Die Mädchen mit dem Hund entpuppen sich als Hexen aus der Region Extremadura.

Den Tag hier werd ich mir rot im Kalender anstreichen, sagt Charlie Redmond.

Die Mädchen heißen Leonor und Ana. Ihr Englisch hält sich in Grenzen. Ihr Hund heißt Junior Cortés. Ihr Lächeln ist zuckersüß und lebendig. Ihre Tats zeigen okkulte Symbole. Sie behaupten, Benny nicht von früher zu kennen; auch Benny bekräftigt, dass er diese Mädchen noch nie gesehen hat. Lorca und Junior Cortés sind auf der Hut voreinander, aber auch interessiert. Es ist, als wäre eine kleine Familie zusammengekommen.

Vielleicht ist das ja die Wurzel unseres ganzen Übels, sagt Charlie. Die Familie. Oder dass man keine hat.

Der zuvorkommende Maurice kehrt mit zwei Flaschen *cava* und Pappbechern vom Getränkestand zurück.

Entweder wir erheben uns über die Tiere auf dem Felde, sagt er, oder wir geben uns verflucht noch mal die Kugel.

Dilly Hearne heißt das Mädchen. Dill oder Dilly?

Drei Jahre ist sie schon weg, sagt Maurice, und hier bin ich, ihr alter Dad, dem das Herz schief aus der Brust hängt.

Wir werden das spanische Wort für abgerissen brauchen,

Moss. Sie ist mit euresgleichen abgehauen, Mädels ... Versteht ihr?

Vielleicht war sie in Granada? Vor nicht langer Zeit?

Ich kenne nicht, Dilly, sagt Leonor.

Wir kommen gerade aus Cádiz, sagt Ana.

Cádiz!, sagt Maurice. Hab ich dir je erzählt, dass ich in Cádiz mal mit ner älteren Lady zusammen war?

Die Spatzen dort können ein Liedchen davon singen, sagt Charlie.

Gorrión!, ruft Maurice und schenkt mit übertriebenen Schnörkeln des Handgelenks ein.

Leonor und Ana lachen verunsichert, nehmen das Getränk an und nippen daran. Benny trinkt einen kräftigen Schluck und findet, dass es die Nerven beruhigt. Die Hunde entspannen sich und legen sich hin. Die Nacht wird älter. Der Hafen von Algeciras hat schon merkwürdigere Zeiten gesehen. Maurice und Charlie stehen im Vorhof einer bedeutsamen Reminiszenz. (Algeciras hat immer diesen Effekt.)

Familie?, sagt Maurice. Erzähl du mir nichts von Familie.

Maurice Hearne?, sagt Charlie. Ein Mann, den das Leben unglaublich in die verdammte Mangel genommen hat.

Maurice erhebt sich, präsentiert seine Weisheit in einem traurigen Lächeln und blickt zu den hohen Fenstern hin.

Wusstest du, dass es im Leben nur sieben echte Ablenkungen gibt?, sagt er.

Zähl sie auf, Moss.

Spitzenreiter? Die Todessucht.

Klaro, sagt Charlie.

Das ist Fakt, sagt Maurice. Wir suchen alle nach nem passenden Abgang. Und dann folgt sicher die Lust, weil wir zugleich unser Ende aufschieben wollen.

Jedenfalls im Rahmen des Vernünftigen, sagt Charlie.

Ich erkenne an, dass es so was wie Liebe gibt, sagt Maurice. Hab ich Trottel nicht mein halbes Leben lang bis zu den Augäpfeln dringesteckt? Und die Gefühlsduselei ist mit der Lust und der Liebe verflochten. Dann gibt es die Trauer, und je länger wir durchs Leben gehen, umso mehr davon schleppen wir mit uns rum.

Sie nimmt zu, sagt Charlie, wie n außer Kontrolle geratener Fettarsch. Die gute alte Trauer.

Und schließlich der Schmerz, sagt Maurice. Seelisch-psychische und physische Abteilung.

Mein Magen spricht zu mir, sagt Charlie, und mein Arsch trottet einfach bloß hinterher.

Vor ner Weile kam's mir immer mal hoch, sagt Maurice, und dann hatt ich so nen rätselhaften Schmerz im linken Lungenflügel.

Fangen wir jetzt mit dem Seelisch-Psychischen an, Moss?

Nein, tun wir nicht, Mr Redmond. Weil das nämlich die ganze verfluchte Nacht dauern würde.

Du hast nur sechs aufgezählt, Maurice. Von den Ablenkungen.

Weil ich mir den Knaller bis zum Schluss aufgehoben hab, Charlie.

Nämlich?

Nämlich die Habgier, Charles. Unsere alte Freundin, die Habgier.

Die Nacht vergeht langsam. Kein Wort über das nächste Boot. Es gibt Schwierigkeiten im Hafen, auf der Seite von Tanger. Schwierigkeiten kennt man auf beiden Seiten. Keine Spur von Dilly Hearne. Charlie Redmond verschränkt die langen Knochenfinger hinter dem Kopf. Er ist geduldig wie eine Statue. Maurice Hearne dreht die Melone in seiner Hand, als drehe er all die Jahre zurück, und betrachtet ihren sich langsam bewegenden Rand.

Der gute alte Charlie hier?, sagt er. Ein Mann mit ner äußerst einnehmenden Persönlichkeit. In vielerlei Hinsicht. Ich will gar nicht behaupten, dass er ein Engel ist. Ich meine, damals! Wir waren n schlimmes Gespann. Wilde. Was wir nicht alles ausgeheckt haben. Und es ging um nen Haufen Geld, was alles noch schwieriger macht. Da kommt dann auf einmal, *bobb, bobb, bobb,* deine alte Freundin, die Habgier, angedackelt.

Shoot the bastard, shoot the bastard, singsangt Charlie.

Ach, meine süßen Schätzchen. Sachen könnte ich euch erzählen. Was ich durchgemacht habe, das würdet ihr nem verfluchten Hund nicht antun wollen. Nichts für ungut, Lorca. Nichts für ungut, Junior Cortés. Schaut, das Geld grätscht immer dazwischen. Irgendwann muss man abrechnen. Bilanz ziehen. Dabei kennen dieser Bursche und ich uns schon ewig, wir saßen im selben Klassenzimmer. Haben in der Mittelstufe zusammen Wirtschaft gemacht. Biz-org! Nannte sich das nicht so, Charlie? Dienstagmorgen, Doppelstunde Biz-org, da traten dir glatt die Augen aus dem Kopf. Ich rede hier von der Stadt Cork und vom Regen draußen, oh, wie es da immer geschüttet hat. Und wir, miese kleine Selbstbeflecker. Und diese Frisuren! Wir haben versucht, den Prez-Konventianerinnen unter den Rock zu greifen. Bis wir schielten. Schon ihre Düfte allein reichten, um einem Jungen das Herz zu brechen.

Wie Brackwasser, sagt Charlie Redmond.

Aber mit den Jahren? Da ging es dann eben ums Geld. Es war ne Menge davon da. Das floss einfach nur so. Glück in alle Richtungen. Das Pferd kam immer mit vierzig zu eins ins Ziel. Metaphorisch gesprochen. Es war ne Menge Geld da, und ich will gar nicht behaupten, dass Cynthia nicht n schönes Haus hätte kriegen sollen oder unsere Tochter ne vernünftige Ausbildung. Und klar musste das Geld wie gehabt reinkommen. Charlie hatte ja seine Exen, für die zu sorgen war.

Solche wie Fiona Scheiß-Condon, sagt Charlie. Die Frau hat einem das Geld rausgesaugt wie ne Pumpe. Und ich hab noch für die Brut irgendeines Vorgängers geblecht. Dreitausendachthundert Euro im Monat sind allein an Fiona Condon gegangen. Der junge Mann braucht Fußballschuhe und so weiter. Ja, mussten die denn aus verdammtem Gold sein? Unglaublich.

N Haufen Geld ist einfach so verschwunden, sagt Maurice. Da beißt die Maus keinen Faden ab. Aber alles kann Cynthia nicht verbraten haben. Obwohl sie sich große Mühe gegeben hat. Und ich will gar nicht behaupten, sie hätte die Annehmlichkeiten nicht verdient. Allein die verfluchten Sofas, auf die sie scharf war? Für die ist sie bis nach Kopenhagen gefahren. Und meiner Ansicht nach hat sie das alles und noch mehr auch verdient.

Dilly Hearne, sagt Charlie. Sie ist n kleines Mädchen. N hübsches Mädchen.

Das uns womöglich abgezockt hat, sagt Maurice.

Liegt ihr eben im Blut, sagt Charlie.

Grüne Augen, sagt Maurice. Hübsches Paar protestantischer Augen, hat sie von der Mutter geerbt.

Cynthia. Gott gebe ihr Frieden. Sie hatte so blassgrüne Augen.

Wie das verfluchte Meer, sagt Maurice.

Ihr Gespräch plätschert gemächlich dahin, dazwischen an- und abschwellende Phasen. Es nimmt Schwung auf; es versandet wieder. Leonor und Ana wissen aus Erfahrung, wie viel Geduld einem der Hafen von Algeciras abverlangt, wenn das mit den Booten ungewiss ist, und sie wissen auch um das Fremdheitsgefühl, das einen hier immer beschleicht – bald schlafen sie an ihre Rucksäcke gelehnt. Auch die Hunde schlafen. Benny ist argwöhnischer als die Mädchen und kann nicht schlafen – er wartet auf einen unbeobachteten Moment. Maurice streckt sich längs über die Bank aus, wie aufgebahrt fürs Leichenhaus, die Hände schicklich auf der Brust gefaltet. Charlie Redmond lässt einen unsichtbaren Rosenkranz in die verschränkten Hände seines Freundes fallen und rafft sich, die eigenen Hände zum Zeichen der Aufrichtigkeit ausgebreitet, zu einer Rede auf. Die manische Glut seines Lächelns könnte eine ganze Kapelle erleuchten – Charlies Lächeln führt durchaus ein Eigenleben. Wie von ihm losgelöst verbreitet es sich im ganzen Terminal. Ein fein geklöppeltes Spitzenband hysterischer Bedrohlichkeit.

Ein Mann mit meinen Verdiensten?, sagt er. Dass der sich heute so abstrampeln muss, um sich seinen Lebensunterhalt zu verdienen? Das ist doch wider die Natur. Ich sollte längst in Ehren ergraut sein. Sollte auf ner Farm im verdammten Wales leben.

Er wendet sich an Benny, an die Hunde, an die schlafenden Mädchen.

Wisst ihr, dass ich nicht mal n Dach über dem Kopf habe?, sagt er. Ich sollte längst meine Schäfchen im Trockenen haben. Mich in den Sonnenuntergang aufmachen. Auf ein weindunkles Meer runterschauen. Sollte nichts auf dem Zettel haben als Dekorfragen und leichte romantische Unterhaltung. Wie ich mir das so denke? N modernes Haus, das über ner mondhellen Bucht steht. Kommt dir bekannt vor, Maurice? Mit Fußbodenheizung. Ne Waschmaschine, die mit dir spricht. Kleiner Geschirrspüler, der in der Ecke nen Jig tanzt. Richtung West Cork raus. Irgendwo hinter Berehaven vielleicht?

Jetzt schießt er gefährlich hoch, wie zum Knall einer Starterpistole, und er wirbelt auf dem schlimmen Bein herum, um ein Loblied auf den imaginierten Hort seines Ruhestands zu singen.

Offene Küche!, ruft er. Da steh ich drauf! N bisschen Raumgefühl. Oh, und diese schönen alten Dielen! Hübsch hochglanzversiegelt! Wie hieß die noch gleich, von Channel 4? Sarah Beeny. Die Renovierungsshow. Warme Dielen unter meinen nackten Füßen. Im Sonnenlicht. Der ganze Look hat was Schlichtes. Nichts Knalliges. Davon versuch ich mich sowieso grad zu verabschieden. Ich bin nämlich am verdammten Straßenrand aufgewachsen. Und wie sich das Drinnen nach draußen hin öffnet, mit den restaurierten Dielen, dem Raumgefühl, den Feldern, dem Meer, den Hügeln …

Charlie, sagt Maurice.

Kommt dir bekannt vor, Moss? N hübsches neues Haus hinter Berehaven? Und du drin aufgebahrt wie das Lamm Gottes?

Lass gut sein, Charles.

Warum, Moss?

Setz dich hin und schon deine Knochen, Junge. Entspann dich. Du kriegst schon wieder diese hektischen Flecken. Diesen gelblichen Hautton.

Charlie setzt sich und trinkt die letzten Tropfen aus der *cava*-Flasche.

Ich will ja nicht behaupten, wir hätten uns den Arsch im Kohlenschacht aufgerissen. Oder beim Straßenbau. Aber n

Haufen Arbeit war es trotzdem, und dazu die vielen Reisen, die Gefahr und der ganze Ärger. Und Onkel Charlie in seinem fortgeschrittenen Alter möchte sich angemessen dafür entlohnt sehen.

Weiß ich doch, Charlie, weiß ich.

Beide lehnen sich auf der Bank zurück. In einem zarten, rätselhaften Tandem schließen sich ihre Augen. Benny, der auf diesen Moment gewartet hat, schafft es, sich unbemerkt von den Männern wegzuschleichen, und er nimmt den still herumlungernden Lorca mit. Schnell findet er eine Streife.

Es geht um diese Männer da, sagt er.

Der verschlafene Polizist schaut hinüber, lächelt.

Diese beiden?, sagt er. Machen Sie sich wegen denen keine Sorgen. Die sind immer hier.

Ein kalter weißer Mond singt das Hohelied des nahenden Winters. Die See ist aufgewühlt heute Nacht. Sie schäumt mitteilungsbedürftig. Kein Wort aus Richtung Tanger. Im Fährterminal, bleich unter dessen Scheinwerfern, stehen Maurice Hearne und Charlie Redmond wie ein Paar im Varieté, aber die Mädchen mit den Dreads liegen still und schlafen – nur der Hund Junior Cortés ist wach für die Show.

Uns fehlen ein Mann und ein Hund, Charlie.

So geht's eben.

Falls sie je hier waren.

Sie setzen sich nebeneinander auf die Bank. Da ist anhaltender Kummer. Da ist Leid. Sie schweifen wieder in Erinnerungen ab.

Wir waren schon ziemlich ausgeflippt damals, sagt Maurice.

Da erzählst du mir jetzt aber nichts Neues, sagt Charlie.

Die Wände sind weggeschmolzen. Die Uhr ist die Treppe runtergeflossen. Wir waren fast pausenlos zugedröhnt. Das tut mir heute wirklich leid. Da hab ich viel verpasst. N ganzer Teil meines Lebens ist einfach so dahingeschwunden. An 1997 erinnere ich mich gar nicht, Charles, und 98 hab ich auch nicht mehr so parat. Cynthia? Die hat mich aufrechterhalten.

Sie war ne ganz gute Betreuerin.

Obwohl ich allen Grund hab anzunehmen, dass diese Frau die Gestörteste von uns war.

Das will was heißen, Maurice.

Aber heiliger Jesus, Charlie, wie wir es nachts mit der Angst kriegten.

Die bringt das Geld so mit sich.

Es gab so viel Geld, und trotzdem waren wir die halbe Zeit bettelarm. Wie zum Henker geht das? Ich meine, du weißt ja, wie es manchmal war, Charlie. Wie die Kohle zerronnen ist.

Erinnerst du dich an den Abend in dem Haus auf der Evergreen Street? Wo wir ne Tonne Eins-a-Marokkaner verloren haben?

Und dann wiedergefunden. Außerhalb von Midleton.

Auf dem Sofa da haben wir so viel verdammtes Geld gezählt. Und dabei gegrinst wie die Katzen.

Dann war da die Nacht mit den vier Holländern im Boot.

Nicht.

Aber die Uhr geht nicht rückwärts, Charlie. Cynthia ist tot und kommt nicht wieder.

Lass gut sein, Maurice. Es ist schwer genug. Wir müssen nicht drüber reden.

Aber Maurice Hearne mimt die Anzeichen eines hysterischen Zusammenbruchs und sinkt auf die Knie. Die lange Geschichte seines Dramas kulminiert in einem tiefen Seufzer. Leonor wacht auf und lächelt ihn an.

Welche warst du noch gleich?

Leonor.

Hübscher Name, Charlie, nicht?

Herrlich. Wie Raumspray.

Hast du dieses Mädchen gesehen? Foto ist n bisschen alt inzwischen, aber ziemlich genauso könnte sie noch immer aussehen. Dilly Hearne?

Hab nicht gesehen.

Warum belügt ihr uns bloß alle?

Maurice kriecht auf allen vieren zu ihr hin und hechelt zu ihren Füßen wie ein Hund.

Jesus, sagt sie.

Bisschen spät am Tag für den, sagt Charlie.

Dann erzähl uns doch, Leonor, da deine Kiefer nun schon mal in Bewegung sind. Was ist der Reiz daran? An diesem Leben, das ihr führt?

Die Freiheit, sagt sie.

Die Armut, sagt Charlie. Die Armut kostet nichts.

Sie sitzen, bis die Nacht dem Morgen weicht. Das harte, reine Licht des 23. Oktober dringt zu ihnen hinunter. Leonor und Ana sitzen bei ihrem Hund Junior Cortés – der Hund hat eine Schurkenzunge und Verschwöreraugen. Die Mädchen und der Hund lauschen frohgemut den Männern, die einen Ring um sich gelegt haben, einen schimmernden Ring aus diesen seltsamen, kreiselnden Worten.

Ich mag meinen Körper nicht mehr, sagt Maurice Hearne nachdenklich. Ich hab keine Zeit mehr für ihn übrig.

Ich hab mich mit meinen alten Knochen abgefunden, sagt Charlie Redmond und zupft sich die Hemdsärmel zurecht.

Ich seh aus wie n verfluchter Affe, sagt Maurice. Die langen Arme und der furchtbar dicke, massive Rumpf.

Wenn ich morgens aus dem Bett krieche, sagt Charlie, kann ich mich kaum hören vor Gestöhn.

Bei mir ist es so, sagt Maurice, dass ich meine, n Zimmer weiter zu sein, und mich gar nicht mehr hören kann.

Da versteht man doch, sagt Charlie finster, wie sich einer fühlen kann, als wär er mit nem Fluch belegt. Wenn er n gewisses Alter erreicht.

Mit einem Fluch?, sagt Ana.

Wenn er die fünfzig überschreitet, sagt Maurice. So in die Richtung.

Sie sprechen vom Altern und vom Tod. Sprechen von denen, die sie hintergangen und von denen, die sie gerettet haben, von ihren ersten und von ihren verlorenen Geliebten, von ihren Feinden und Freunden. Sie sprechen von den alten Tagen in Cork, in Barcelona, in London, in Málaga und in der Geisterstadt Cádiz. Sie sprechen davon, wie sich das Leben an all diesen Orten angefühlt hat. Und davon, dass sie wieder mal hier gelandet sind, an der Barbarenküste, wie magnetisch angezogen.

Unseresgleichen hat's hier seit Jahrhunderten herverschlagen.

Auf dem Seeweg isses ziemlich pfeilgrad runter, sagt Charlie.

Wenn wir sie uns jetzt anschauen, scheinen sie tatsächlich klarer konturiert: Ihr Lächeln ist breit und piratisch, ihre Munterkeit entermesserscharf.

Ihr solltet mal was über die Rifkabylen lesen, sagt Charlie.

Die im Rifgebirge leben, sagt Maurice. Wie n Sack Schlangen, wenn man's mit denen zu tun kriegt.

Deren Vorvorvorväter?, sagt Charlie. N paar Dutzend von denen stellten sich mit Laternen auf nen Hügel am Meer und hoben und senkten die Laternen im Takt, rauf und runter, immer langsam, in nem Rhythmus, so süß wie Musik …

Seht ihr's vor euch?, sagt Maurice.

… sodass von See aus der Eindruck eines schwankenden Boots entstand. Und das lockte dann das andere Boot an, nur um Hallo zu sagen, wie geht's mit dem Fischen, bis es schließlich an den Klippen zerschellte, und prompt sind die Rifkabylen mit ihren Laternen und Messern zur Stelle, um die Sache abzuschließen.

So eine Denkungsart, sagt Maurice, kann nur nach heftigem Gebrauch der Pflanze *Cannabis sativa* entstehen.

Dem Kraut der Assassinen, sagt Charlie.

Dem schwarzen, öligen Hasch aus dem Rif, sagt Maurice. Bei dem du denkst, du bist schon tot und im Himmel. Und ist euch übrigens klar, dass ihr an meiner Seite einen Mann seht, der selbst schon Kehlen aufgeschlitzt hat?

Und der Pirat Charlie Redmond lehnt sich mit einem diamantenen Grinsen auf der Bank zurück.

Aber mit Dope macht man heutzutage kein Geld mehr. Heutzutage macht man das Geld mit Menschen. Das Mittelmeer ist ein Sklavenmeer. Die Jahre haben die Kurve gekratzt und Maurice und Charlie zurückgelassen. Die Männer sind elegisch, kummervoll, schwerfällig. Pleite sind sie auch und trauern. Ana richtet sich zur Mimikry eines

Gähnens auf. Sie streckt sich zu den vollen, luftigen Möglichkeiten einer Dreiundzwanzigjährigen. Sie ist glücklich, dass der neue Tag die hohen Fenster erhellt. Sie tastet nach Junior Cortés. Der Hund kommt zu ihr und schnuppert sanft an ihrem Unterleib herum.

Der Hund weiß, wo sein Wurstende ist, sagt Charlie.

Kann man keinem beibringen, sagt Maurice.

Ana zieht einen Flunsch in Richtung Charlie, hockt sich auf die Bank, fixiert Maurice mit einem scharfen Blick und sagt –

Perroflauta.

'tschuldigung?

Das spanische Wort für abgerissen, sagt sie, ist *perroflauta.*

Es bedeutet Hund und Flöte, sagt Leonor.

Problem gelöst, sagt Charlie.

Perro … flauta, versucht sich Maurice mit leiser Verwunderung an dem Wort.

Es ist Verfluchung, sagt Leonor.

Weil sie uns nicht leiden können, sagt Ana. Sie meinen, wir wären schmutzig. Sie wollen die Camps nicht. Sie wollen keine Hunde. Deshalb gehen wir nach Marokko.

Und wer kümmert sich um Junior Cortés?

Leute kommen zurück. Wir fahren hin. Wir teilen uns die Hunde. Die können wir nicht mit rübernehmen.

Das wär jetzt mal bewiesen, sagt Charlie.

Wartet ihr auf Leute aus Tanger?

Kann schon sein.

Das hängt von den Booten ab.

Und wenn die Männer Dilly wiedersehen wollen, wissen Sie, dass es auch vom Schicksal abhängt und vom wetterwendischen Begehr der Jugend. Leonor und Ana wenden sich jetzt flüsternd einander zu, lachen leise, stehen dann auf und sammeln ihre Sachen ein – sie fürchten sich nicht vor diesen Männern.

Danke für die Getränke, sagt Ana.

Erzählt uns wenigstens noch was über diese Hexerei, sagt Charlie.

In Wahrheit kenn ich mich mit Hexen bestens aus, sagt Maurice.

Die haben dich schon immer angezogen, Moss, die Hexenhaften.

Wusstest du, dass man grünes Holz nimmt, um ne Hexe zu verbrennen, Charlie?

Macht Sinn. Irgendwie.

Zauber? Verwünschungen?, sagt Maurice. Das kenn ich alles nur zu gut. Könnt ihr mir nicht mal nen Zauber verraten, Ladys?

Wen du willst verzaubern?, sagt Leonor.

Hast du nen Stift?, sagt Maurice. Dann machen wir ne Liste.

Was du tust, sagt Leonor, ist, du nimmst ein Stück Stoff. Vielleicht von jemand, den du willst erreichen. Und steckst Sachen rein.

Was für welche?

Haare … von da unten?

Schamhaare?

Und was vom … Finger?

Fingernagel?

Fingernägel. Schamhaare. Und getrocknetes Blut von Tampon.

Was seid ihr nur für Leute?, sagt Charlie.

Auch ein Mineral, sagt Ana. In den Stoff.

Es heißt Antimon, sagt Leonor.

Glaubt ihr, es gibt nen Zauber, der meine Tochter zurückbringen kann?

Sie ist n kleines Mädchen.

N hübsches Mädchen.

Vielleicht war sie in Granada?

Vor nicht allzu langer Zeit.

Dill? Oder Dilly: Das kommt von Dilys.

VIERTES KAPITEL

Liebende am Nordtor

In der Stadt Cork, im Maam-Tal, in Barcelona, in London und im Städtchen Berehaven, März 1994 bis April 1999

Er glaubte, die Wohnung würde überwacht. Die meiste Zeit tat er kein Auge zu. Was sie von Málaga aus verschifft hatten, hatte für kurze Zeit die Ängste der Stadt unterdrückt. Aber auch deren Leitwölfe verärgert. Wir haben uns zu schnell über unseren Stand erhoben. Von dem Münztelefon im verhexten Treppenhaus des alten Gemäuers in Luke's Cross aus sprach er mit Karima. Bald kam eine weitere Lieferung. Er lag im Bett, neben ihm auf dem Boden Berge von Geld. Cynthia wälzte sich im Schlaf herum und redete aus den Abgründen ihrer Angst heraus. Ihre schmale Hüfte war kerzenbleich. Sie würden in die Wohnung einbrechen, ihn für tot liegen lassen und das Geld mitnehmen. Sie würden sie bewusstlos schlagen oder Schlimmeres. Charlie Redmond hielt sich bereits im Westen des Countys versteckt. Geschwächt vom Schlafmangel, hielt Maurice Ausschau von ihrem Adlerhorst in der Stadt, und der am Spätwintermorgen vom Fluss aufsteigende Rauch war dicht und bedrohlich.

Als der Tag sein bisschen Licht zur Entfaltung brachte, gingen Maurice und Cynthia hinaus, spazieren. Ineinander verliebt hatten sie sich auf die übliche alberne Weise. Der Vorgeschmack ihres schwarzen Haars. Die statische Aufladung, die ihr entströmte. Selbst die Luft um sie herum stand unter Spannung. Sie gingen hinaus und am kalten Fluss entlang. Über den Stimmen des Flusses verfielen ihre eigenen in einen Verschwörerton. Am Nordtor vorbei gingen sie – ihre Hand in seiner –, dann über die zitternde Brücke und hinaus durch die erwachende Stadt. Es war so kalt, dass man das Hundegebell in der Luft sehen konnte. Hier draußen am Fluss fühlten sie sich wie Waisen. Hier draußen war es so, als würde die Welt sie mal eine Weile in Ruhe lassen. Sie glaubten an Bestimmung und Zwangsläufigkeit. Sie glaubten an den dunklen Stern, der sie lenkte.

Sie redete auf eine Weise, die ihm klarmachte, dass er sich da nicht herauswinden würde. Sie ließ ihn wissen, dass man vor sich selbst nicht fliehen konnte. Sie sah alles kommen.

Später versteckten sie sich im Maam-Tal. Er glaubte, dass ihnen die Wölfe auf der Spur seien. Die Wölfe trugen Zip-up-Shirts und Fila-Sneakers. Da draußen lernten Maurice und Cynthia Autofahren. Auf dem Land zu leben, war ihnen fremd. Hier und da krallte sich noch der Winter fest, aber die Abende wurden schon ein bisschen länger, und nach Regen waren die sich schlängelnden Straßen schwarze, schimmernde Zungen. Ihr Vermieter John James McGann aus Clifden überließ ihnen einen ramponierten Ford Fiesta. Der hatte weder Steuermarke noch Versicherung. McGann verströmte einen süßlichen Alkoholgeruch, Sherry oder so. Über seine Augen zog sich ein papierener Film wie Mottenhaut. Er bewegte sich gleitend voran, unter Goldfischglucksern, wie traumatisiert durch eine Anderwelt, die nur für seine Augen sichtbar war. Er trug einen marmeladenfarbenen Cordanzug. Er war von der katzenhaften Sorte, ein träger Gestikulierer. Maurice und John James konnten hören, was der jeweils andere dachte. Sie unterhielten sich über Geld. John James kam wie ein supermerkwürdiger Mentor rüber. Das gemietete Cottage lag auf einer Anhöhe über dem Loch an Oileáin. Der See war pechschwarz und unheimlich. Darin saß seltsam schief ein Inselchen, als wüsste es nicht so genau um seinen Platz in der größeren Ordnung. Die Maumturks darüber waren die allernüchternsten Berge. Die Maumturks hatten träge, leere, ungefällige Gesichter. Da draußen liebten sich Maurice und Cynthia.

Die Tage waren kalt wie Hexentitten, aber die Abende verbreiteten landeinwärts einen Zauber, dehnten sich aus und klopften so lange bei dem Ort an, bis er sich unseren Träumen öffnete.

Ihre Hände gefielen ihm wirklich verflucht gut. In dem schmalen Bett im Cottage gruben sie sich flüsternd bis auf den Grund der Nacht und lagen nachher benommen und glücklich da.

Wir lassen schon wieder die Sau raus, sagte sie.

Ihm gefiel auch, dass das Haus auf einer Anhöhe stand. Er konnte sehen, was auf der Straße zu ihnen heraufkam. Dass es kein Telefon gab, war ideal. Er rief seine Mutter von dem Pub in Maam Cross aus an und erzählte ihr, sie seien in Barcelona.

Klingt belebt da, sagte sie.

Die von Karima arrangierte Lieferung hatte ihm einhundertsiebentausend irische Pfund eingebracht. Ein gleicher Anteil war an Charlie Redmond gegangen. Cynthia rief ihren Vater von dem Pub in Maam Cross aus an und sagte, sie seien in London, und nun gehe es für eine Weile nach Indien.

Ich glaube, du solltest mir mal Maurice an den Apparat holen, sagte ihr Vater, und sie legte auf.

Aus dem Pub in Maam Cross rief er auch Charlie an, der ihm erzählte, das Wetter im Süden sei wechselhaft. Am besten halte man noch ein Weilchen die Füße still.

Er litt unter nächtlichen Schweißausbrüchen, Herzrasen, Traumattacken. Dann kniete sie über ihm im Bett, beruhigte ihn und sagte ihm, dass sie ihn liebte. Er erzählte ihr, bei seinem Vater sei es mal so schlimm gewesen, dass sie ihn in Berehaven ans Bett hätten fesseln müssen.

Das ist nur die Angst, sagte sie.

Die Angst, zu werden wie unsere Eltern, sagte sie, ist schuld daran, dass wir wie unsere verfluchten Eltern werden.

Damit lag sie nicht falsch – der Geist bestimmt den Körper.

Und dann gaben sie sich eine Weile der Ruhe des Ortes hin. Später nannten sie es stets die beste Zeit ihres Lebens. Als wir Berge und Wasser hatten.

Lass uns faul sein, sagte sie und wandte ihm langsam eine weiße Hüfte zu.

Sie sagte ihm, das Geld könne nicht einfach sich selbst überlassen werden. Es müsse arbeiten. Sie versuchten, an den Abenden Auto zu fahren, während das Tageslicht das Dunkel um Stunden zurückdrängte.

Eins, zwei, drei, sagte er. Kupplung, Bremse, Gas.

Ich bin ja nicht dämlich, sagte sie.

Die Gräben sangen im Abendlicht, die Vögel. Sie fuhr mit dreißig Stundenkilometern über eine Nebenstraße außerhalb von Maam Cross. Kleine Vögel flogen aus den Gräben auf.

Hörst du den Kuckuck?

Pass auf die verfluchte Straße auf, Cyn. Sonst landen wir noch im Feld.

Sie war schön, wenn sie fuhr – vor Konzentration wanden sich Würmer über ihre Stirn. Sie sagte, am wichtigsten sei es, sich von Charlie Redmond fernzuhalten.

Immer mittwochs lieferte er die Miete bei McGann in Clifden ab. McGann war aus irgendeiner alten Geschichte entsprungen – ein Auktionator vom Land mit einer in Sherry gebadeten Nase. Jedes Mal stellte er seinem Mieter die skurrilsten Fragen.

Rührt sich was auf dieser Insel, Maurice? Im See?

Keine besonderen Vorkommnisse, Mr McGann.

Behalten Sie die Insel im Auge, würd ich sagen. Die könnte Sie noch mal mit ner Überraschung konfrontieren. Irgendwann nachts.

Er redete mit dem seltsamen Alten über den Regen und die See, über die Boote draußen, die magere Erdschicht in der Umgebung. Sie sprachen über Häuser und Grundstückspreise.

Ist ne gute Zeit zum Kaufen, sagte McGann.

Ich und ein Haus kaufen?

Was sollten Sie sonst mit Ihrem Geld anfangen?

Wann immer er auf den See hinunterschaute, wusste er, dass auf dem Inselchen dort Leichen versteckt worden waren. Vielleicht nicht in jüngster Vergangenheit. Mit dem Fiesta wurden sie in schnellen Sprüngen mutiger. Nachts im Bett begann Cynthia, von Städten, vom Leben, von Menschen zu reden. Für das Maam-Tal waren sie zu jung. Die Idylle war fast vorbei, und dann stand der Mai vor der Tür, und er kaufte John James McGann das Cottage für vierzigtausend Pfund ab. Zum Ende des Monats hatten sie es für den ganzen Sommer vermietet und zogen nach Barcelona.

Sie fickten wie die Wilden. Sie spuckte, biss und fluchte. Er sagte verdammt durchgeknallte Sachen. Ein Streifen Blau, blauer Himmel, in der Ritze zwischen den Vorhängen; seine Hand zwischen ihren Beinen. Der Spalt und das Stoßen, das sanfte Schlürfen, und wir haben den ganzen Tag nichts zu tun, Cynthia, jedenfalls nichts, was getan werden müsste.

An den Nachmittagen spazierten sie durchs Barri Gòtic. In uralten, engen Gassen dräuten die Wasserspeier und flüsterten die Brunnen. In schäbigen Boutiquen probierten sie Kleider an. Sie hörten House, der ihnen auf Kassetten aus Cork geschickt wurde, und die Pixies, aber nur die ersten drei Alben. Eine Schiffsladung aus Ceuta wurde in einer klaren Nacht bei Eyeries an der Küste der Beara-Halbinsel in Empfang genommen und brachte weitere achtzigtausend Pfund. Sie fragte sich, ob man Charlie jetzt nicht mal rauskicken konnte.

An einem Regentag, hinter einer der Arkaden auf der Carrer de la Portaferrissa, ließen sie sich tätowieren – jeder bekam eine winzige 13 auf die linke Brust.

An der Zinntheke einer Bar, die für ihre Sardellen bekannt war, an der Plaça de la Vila de Gràcia im Distrikt Gràcia, redete Maurice über kleinen Gläsern Estrella Damm lange beruhigend auf Charlie Redmond ein, der zwei Tage zuvor in Deptford einen Mann für tot liegen gelassen hatte.

Der Ärger findet mich, sagte Charlie, und eine einzelne Träne rollte über seine sentimentale Wange. Ich geh ihn wirklich nicht suchen, Maurice. Er kommt von ganz alleine. Der Ärger. Mit seiner großen Ignorantenfresse.

Hier bist du ne Weile okay.

Okay? Du hast nicht gesehen, was ich auf dem verdammten Toilettenboden in der Barfleur Lane hinterlassen hab.

Charlies Schultern wogten ob der Ungerechtigkeit. Cynthia wollte ihn nicht im Umkreis von tausend Kilometern haben.

Wir könnten dich in Málaga unterbringen, sagte Maurice.

Du scheuchst mich jetzt schon vom Hof?

Draußen auf dem Platz war ein abgerissener Junge mit einer Flöte und einem alten Hund am Strick, und während der Junge tonlos auf seiner Flöte blies und seinem alten, kranken Hund ein paar Worte vorsang, während also die schiefen Noten emporstiegen, trat Maurice aus seinem Körper heraus, er konnte die Szene von oben überblicken, der Platz nahm die tieferen Farbtöne des Abends an – gedämpfte, samtige Töne –, und jetzt eilte Cynthia darüber hin.

Sie betrat das Café, und er war wieder in seinem Körper. Sie umarmte Charlie, küsste ihn auf die Wange. Über seine Schulter hinweg verdrehte sie zu Maurice gewandt die Augen – schaff ihn verdammt noch mal hier weg. Aber es war sicherer, Charlie Red in der Nähe zu haben.

In den stillen Nachmittagsstunden waren die Straßen von Gràcia fast verlassen. Vom Münztelefon auf dem Platz aus rief er seine Mutter an.

Hier war ein Mann und hat nach dir gefragt, Moss, sagte sie. So n Finsterling, wie du kaum je einen im Anzug gesehen hast.

Anzug?

Anzug und Stiefeletten, sagte sie. Ziemlich übertrieben.

Ihm wurde klar, dass sie Bescheid wusste.

Ich hab nichts gesagt, Maurice. Hab dagestanden und dumm getan. Und dein Freund da, der schaut mich bloß mit diesem schmalen Lächeln an, und er sagt … «Ist er noch in Spanien, Missus?»

Cynthia sagte –

Wenn wir irgendwo weggehen, kaufen wir da was. So bleibt die Verbindung bestehen und wirft Zinsen ab.

Am nächsten Tag leistete er eine Anzahlung auf eine Bar in L'Eixample. Sie wussten, mit der Stadt würde es aufwärtsgehen, waren zur Genüge dort herumgelaufen. Vom Barri Xinés hielten sie sich fern, weil es dort aus jedem Eingang nach Heroin roch. Sie stellten eine Masochistin aus Sitges ein, die an den Abenden die Bar bewirtschaftete. Die zog ein masochistisches Publikum an, und bald hatten sich die Einnahmen verdoppelt.

Aber was fangen wir nur mit uns selber an, Maurice?

Tja, da ist sie wieder. Die alte Frage.

Ich meine, wer zum Teufel sind wir?

Ach, wir gehören zu ner sehr alten Sippe, sagte er. Wir sind Handelsreisende.

Die Nachbarschaft von Stroud Green. Kahles London. Das Licht war schwach und zaghaft. Dilly in der Babywippe gespenstisch still, großäugig. Cynthia mal für ein Stündchen weg. Draußen parkte schon den ganzen Tag ein weißer Lieferwagen. Die Elfe in der Wippe – so eine Herzensbrecherin – gewährte ihm ein halbes Lächeln.

Maurice rauchte zum Fenster hinaus ein bisschen Gras. Inzwischen versteckte sich Charlie Redmond im Maam-Tal. Alles war in die Grütze gegangen. Bis auf das mit dem Geld, das lief fantastisch.

Und da draußen kam sie und machte ihr langes Gesicht. Schwerer zu lesen neuerdings. Der Winter hatte sie beide fertiggemacht. Sie nahm ihm den Joint aus der Hand. Inhalierte grimmig. Des Tages Kälte strahlte ihr von den Wangen. Februar ist fast überall ein beschissener Monat. Sie war dünner geworden, seit sie das Kind hatte. Er wollte zurück nach Spanien. Taubengraues, zigarettenaschegraues, friedhofslehmgraues London. Die große Angst, das viele Unausgesprochene – waren es die Drogen in den Monaten der Schwangerschaft, die das Kind aus seiner Wippe starren ließen wie ein verfluchter Zombie?

Zugleich drohte seine Mutter mit einem Besuch. Das wäre, wie von einem Laster überfahren zu werden. Der gedämpfte Donner der Abendzüge. Dieses Gesicht von Cynthia – war darin etwas zu lesen? Was jetzt, was als Nächstes? Sie war müde und blass, dachte mal so, mal so. Sie teilten sich die Tüte.

Ein Stück die Straße runter steht ein Lieferwagen, Maurice.

Der weiße?

Er war vor einer Stunde schon da und parkt immer noch dort. Zwei Männer haben dringesessen. Ziemliche Schränke.

Kopfschüttelnd nahm er das Kind hoch – Dilly trat wie unter Strom mit den Füßchen aus, dass sich der Strampler spannte.

Wird schon nichts sein.

Da sind zwei Männer. In einem Lieferwagen. Die verdammte Straße runter, Maurice.

Und bald wird es wieder dunkel – die Lichter in all den Käfigen gingen an, zum Schutz vor dem Februarabend.

Glaubst du, die würden sich so ankündigen?

Sie blies eine dichte, grünliche Rauchwolke aus dem Spalt im Fenster.

Woher zum Teufel soll ich das wissen?

Er stellte sich auf die Couch, um die Straße hinunterzuspähen. Das Muh-muh-Baby weiter im Arm. Wie ein witternder Fuchs. Die Jungen beschützen.

Direkt vor dem Hackney-Büro, sagte sie.

Ob ich da mal vorbeischaue?

Geh ja nicht aus der vedammten Tür, Maurice.

Sie schloss die Wohnungstür zweimal ab. Er legte das Kind wieder in die Wippe. Leckte die Blättchen für einen Joint.

Die könnten auch die Parkuhren kontrollieren, sagte er. Oder vom Rundfunk-Inkasso sein.

Was für verdammte Parkuhren?

Vielleicht arbeiten sie für die Verwaltung in Haringey?

Den größten Teil des Tages und der Nacht war dies eine ruhige Straße. Die Atmosphäre war düster, wachsam. Das Baby begann leise zu weinen. Er nahm es wieder hoch, ging mit ihm in die Küche und stellte den Wasserhahn an. Sah auf den lang gestreckten rückwärtigen Garten hinaus, der mit einer steilen Böschung zur Bahn hin abfiel. Ein Abendzug rauschte heran. Drinnen hell ausgeleuchtet schweigende Gesichter. Wie die Füchse in der Nacht schrien. Dillys Schluchzen ließ langsam nach, während das Leitungswasser im Abfluss kreiste. Stillvergnügt zuckte sie in seinen Armen.

Sie sind ausgestiegen, Maurice!

Und haben zwei verdammt große Spanierfressen.

Schultern so breit wie Madrid.

Sie lehnten sich rücklings an den Wagen und rauchten gierig – sahen dabei gelassen zum Haus her.

Er packte das Kind warm ein.

Cynthia warf Sachen in eine Tasche, Geldbörsen, Scheckkarten.

Sie gingen durch die rückwärtige Tür hinaus – verbargen sich still im kalten, leblosen Februargarten.

Schon kam die Nacht.

Sie verbargen sich im Garten, bis es vollkommen dunkel war.

Sie tasteten sich die Böschung hinunter.

Liefen panisch an ihrem flachen Rand entlang.

Der Kies schwamm unter ihren Füßen.

Kleine Säuger huschten umher.

Nacht über Haringey, Crouch End, Stroud Green.

Und still atmend das große Maul des Finsbury Park.

Pulsierend die Hauptverkehrsader von Seven Sisters.

In einer Pension in Crouch End verbrachten sie eine schlaflose Nacht, die so langsam verging wie ein Jahrzehnt. Maurice hatte sich noch nie so alt gefühlt, aber ja, es gab eben Dilly, die still und wunderbar war, und ja, klar war er verliebt in sie. Es wurde Zeit, nach Irland zurückzukehren.

Meer mit Felsen; Salzwind; Heimat.

Von oberhalb des Städtchens Berehaven schnitt die Aprilsonne mit kaltblauen Messern in dessen Hafen. Dilly formte mit den Lippen ein tonloses Liedchen, während ihr Blick einem frühen Schmetterling folgte, einem weißgelben Flattern, so leicht wie ihr Atem. Dilly hatte zarte, aschfahle Haut, und Murphy, der Bauträger, betrachtete lächelnd das Kind.

Die da lebt auf ihrem eigenen kleinen Planeten, sagte er.

Wem erzählen Sie das, sagte Maurice.

Die Hand des Kindes in seiner war klamm. Sanft rieb er mit dem Daumen über ihre schweißfeuchte Handfläche – das war irgendwie eine Beruhigung. Die drei gingen die zugewucherte Fläche des Grundstücks ab. Es lag auf einem Plateau in den steinigen Hügeln oberhalb des Städtchens. An einem Ende gab es eine seltsame Erhebung mit ein paar Büschen darauf. Geplant war ein Halbmond aus Häusern. Der Halbmond würde so angelegt werden, dass er mit seiner schützenden Hülle den Westwind abhielt.

Gibt's nicht irgendwelche Bäume, die wir nach hinten raus pflanzen könnten?

Tja, sagte Murphy.

Wächst da nichts an?

Das ist scheiß-felsiger Boden, sagte Murphy. Was Hübsches wächst da nicht an.

Zumindest würde man die Aussicht haben. Maurice nahm das Kind auf den Arm und stöhnte dramatisch unter der Last. In Wahrheit war sie mit ihren dreieinhalb Jahren ein Leichtgewicht. Er deutete gen Süden in die sich auftuende Welt.

Tolle Aussicht, was, Dill?

Er lenkte ihren Blick über die Firste der Stadt, über das Mastengewirr im Hafen nach Bere Island dahinter.

Island View Terrace?, sagte er.

Harbour View?, versuchte sich Murphy.

Oder was n bisschen Irischeres.

Oha, stimmte Murphy zu.

Wie fändest du was Irisches, Dilly?

Das Kind grinste schüchtern.

Irgendwas mit *croí*, sagte Maurice. Ist *croí* nicht das Herz?

Croí briste, sagte Murphy, und sie lachten.

Herzsprungbuckel, sagte Maurice. Trifft's auf den verfluchten Punkt, wenn du diesen Wind im Nacken hast.

Murphy trat traurig Löcher in den Boden.

Ich sag Ihnen was, sagte er. Es wird mir verdammt noch mal das *croí* bristen, aber auf diese Fundamente können wir bauen.

Wann legen wir los?

Kommt drauf an.

Auf was zum Beispiel?

Er bereute, gefragt zu haben. Es ging um die kreisrunde Erhebung, die Weißdornbüsche. Zum Schutz vor dem Wind zog er Dilly den Reißverschluss ihres Anoraks bis zum Hals hoch. Strich ihr mit den Fingerspitzen über die kalten Wangen. Auf ihren Lippen zeichnete sich präzise das Schmollen ihrer Mutter ab. Alles war schon fertig angelegt.

Denen wird's hier oben die Haut abziehen, Dill, sagte er, wenn wir da nicht ein paar Bäume hinkriegen.

Bauträger Murphy schien das als persönlichen Affront zu verstehen. Er zog die Brauen zusammen, starrte missmutig auf die Spitzen seiner Caterpillar-Stiefel.

Verdammt, wir sind hier im Westen von Irland, sagte er. Da bläst es eben.

Er ging mit Dilly über den Platz in Berehaven. Am Kai kaufte er Heilbutt und ein paar Jakobsmuscheln, ein bisschen Meerfenchel. Er versprach dem Kind, dass es keine Makrelen mehr geben würde, und es machte ein glückliches Gesicht.

Jetzt besorgen wir uns mal was zu trinken, Dill. Finden deine Mutter.

Er war auf langsamem Entzug, und er hatte noch eine Stunde vor sich. So lange konnte man wenigstens trinken. Am hellichten Vormittag platzte der Pub aus allen Nähten. Kein Wunder, dass es mit dem Land so lief, wie es lief. Ein bis zur Bordwand mit Tintenfisch beladener Trawler war in den Hafen gewankt. Die Crew saß in der West End Bar und gab sich die Kante. Kistenweise Corona ging über den Tresen und Wodka Red Bull, und sie brüllten sich die Seele aus dem Leib – torkelten auf Seemannsbeinen herum. Gründonnerstag. Im letzten Jahr des Jahrhunderts. Er setzte Dilly in einen Kinderstuhl und goss ihr die Limo auf Eis.

Deine Mutter wird mich hauen wegen der Fanta, sagte er.

Ein paar gestrandete spanische Kerle nippten kummervoll an langhalsigen Flaschen, verwandelten das West End in eine düstere *cervecería*. Wahrscheinlich Galicier. Sehr irisch dort. Melancholie und all das. Rotschöpfe. Bei der letzten Sichtung gerade dabei, sich in der Biskaya zu ersäufen. Zu dieser Jahreszeit kam einem das Leben in Berehaven oft spanisch vor.

Das Barmädchen schwebte mit funkelndem Lippenstecker ins Blickfeld und beugte sich über den Tresen zu Maurice.

Wie geht's uns so hier oben?, sagte sie.

Spitzenmäßig, sagte er.

Jäh überkam ihn Lust auf sie, aber die mochte vorbeigehen. Cynthia betrat unter vagem Gewisper den Raum. Ihre Augen leuchteten warm von der Nadelspitze. Sie küsste das Kind auf den Kopf und wurde mit mürrischer Irritation bedacht. Sie hielten sich von allen anderen fern. Die Fragen waren längst gestellt – baut ihr da oben jetzt Häuser? Und die haben euch die Pläne genehmigt?

Stimmt was nicht mit der Lage?, sagte Cynthia.

Wie meinst du das?

Was ist verkehrt an dem verdammten Baugrund, Maurice?

Es ist windig da. Eben ne Halbinsel.

Die Spanier saßen gekrümmt wie mit religiöser Emphase. Als wollten sie das Gotteskind herbeizitieren. Die Tintenfischer grölten und wurden noch unausstehlicher. Erotisch aufgeheizt, begrapschten sie einander. Zerrten sich an den Unterhosen. Durch die Jalousien war eine schmale Horizontale des Platzes zu sehen. Ein Ferien-SUV kam im Leerlauf zum Stehen und spuckte eine Ladung fetter Kinder aus. Die kleinen Racker fraßen das Land bei lebendigem Leibe auf. Ein alter Mann, der nach Feld und Desinfektionsmittel roch, rutschte neben ihnen auf einen Barhocker.

Nur die Russen, sagte er.

Wie bitte?

Nur die verfickten Russen, sagte er, haben weniger Stil als wir, wenn sie mal n paar Pfund in die Tasche kriegen.

Das Licht im Pub war bräunlich golden und versöhnlich. Cynthia sah gut aus darin und das Kind wunderschön.

Mit den Knochen isses mittlerweile so schlimm geworden, dass ich mir kiloweise Pferdesalbe reinreibe. Wie geht's mit dem Grundstück da oben voran?

Läuft prima, sagte Cynthia.

Noch in den Anfängen, sagte Maurice.

Wie viele Häuser?

Arbeiten wir grade dran, sagte Cynthia.

Wir halten Sie auf dem Laufenden, sagte Maurice.

Die Gier hatte sich eingenistet. Bald würde er dem Tag den Schmerz entziehen müssen. Den Ablauf dieser Tage arrangierte er genau. Um eins oder zehn nach eins würde er sich im Schlafzimmer hinten einen Schuss setzen. Cynthia war bereits versorgt. Sie arbeiteten nach einem kinderkompatiblen Plan.

Sie hatten ein unmöbliertes Haus in einer Senke der Caha Mountains gemietet. Sahen der Nacht dabei zu, wie sie über der Mondlandschaft der Halbinsel Einzug hielt. Indessen warf Dill sich im hinteren Zimmer als heißes Bündel herum und redete unverständlich im Traum. Cynthia und Maurice saßen am kahlen Feuerrost auf Faltstühlen. Die Luft war unbewegt und mild heute Nacht. Sie tranken spanischen Wein und rauchten *charas*. Bis zum Morgen würde es kein Heroin geben. Schließlich gab es so was wie Disziplin. Sie quetschte ihn wieder über das Grundstück aus, und am Ende gestand er.

Da kursiert, sagte er, irgend so n Blödsinn über ne Feenburg da oben.

Mit einer Drehung des Handgelenks schwenkte sie den tintigen Rioja. Sie lächelten einander an.

Du weißt doch, der kleine Hügel am hinteren Ende?, sagte er.

Ja, hab ich gesehen, sagte sie.

Kreisförmig aufgeschüttete Erde, paar struppige Weißdornbüsche drum rum – das Kind hatte so nen entrückten Blick, wenn es da gespielt hat.

Das hast du für dich behalten.

Es ist Blödsinn, Cynthia.

War es Murphy, der das aufgebracht hat?

Er meint, einige seiner Jungs würden dort nicht bauen wollen. Zumindest die vom Land nicht.

Und wann hattest du vor, mir das zu erzählen?

Es ist Unsinn.

Die Männer wollen nicht auf einem Grundstück bauen, für das wir vierhundertfünfundachtzigtausend Pfund hingelegt haben, weil sie glauben, da oben wäre eine Feenburg, und du hältst das nicht für erwähnenswert?

Feenburg ist übertrieben, sagte er. Das ist eben so n lokal verbreiteter Aberglaube. Über bestimmte Orte. Das liegt nur an dieser einen hügeligen Stelle dahinten. Die weist offenbar alle Eigenschaften einer Feenburg auf.

Und seit wann, Maurice, kennst du verdammt noch mal die Eigenschaften einer Feenburg?

Es gibt so was wie das verfluchte Internet, sagte er.

Eine Prüfung ergab, dass Dilly fest schlief. Sie wählten sich ins Internet – es gab Erstickungslaute von sich, während sich die Verbindung langsam aufbaute. Sie tranken Rioja und begutachteten Bilder von Feenburgen.

Das ist irgendwie …

Das ist irgendwie genau das, wofür wir fünfhundert Riesen hingelegt haben.

Vier fünfundachtzig, sagte er.

Es war nicht gut, sich in die Feinheiten zu vertiefen. Bauleute, die nicht mehr als das Gesträuch von solchen Orten entfernt hatten, waren unversehens einem Kollaps oder wucherndem Tumorbefall erlegen. Selbst Pläne für den Autobahnbau waren geändert worden.

Sie nahmen eine Flasche Whiskey aus dem Regal. Für den Blick auf Hafen und Berge, für die Größe des Grundstücks war ihnen der Preis günstig vorgekommen. Sie verbrannten ein paar Stöcke im Feuer, tranken Whiskey und redeten über das, was sie gerade gelesen hatten, redeten über *raths* und Burgen und Ringforts. Die Erinnerung dieser alten Worte auf ihren Lippen erzeugte einen seltsamen Zauber.

Jetzt wurde ihnen der Gedanke zur Obsession, sie wären vom Pech verfolgt. Dagegen drückten sie Heroin. Die maßvollen Mengen, die ihre früheren Gewohnheiten als Beispiel vornehmer Zurückhaltung hatten erscheinen lassen, flogen zum verdammten Fenster raus. Jetzt stiegen sie richtig ein. Und sogleich war die Aura des Pechs allgegenwärtig, umgab sie wie ein hektisches Dorf. Die steinigen Hügel verbreiteten das Gerücht vom Pech. Der Wind blies es ihnen in Wirbeln vor die Füße. Pech, Pech – der Gedanke setzte sich fest, fraß sich fett, blühte auf. Gegen diesen Gedanken, vom Pech verfolgt zu sein, zogen sie sich halsbrecherische Mengen Koks rein. Betankten sich mit Powers, mit John Jameson. Es gab ein erstes Frühstück aus der Flasche und ein zweites vom Spiegel. Das Kind konnte genauso gut von den Katzen großgezogen werden, die faul in dem bisschen Licht saßen, das die Aprilsonne mühevoll über die Dächer von Berehaven hievte. Der Bau war von Anfang an ein Desaster. Ein junger Bursche aus Sneem, so breit wie lang, brach sich gleich am ersten Morgen ein Bein. Die Nachricht von dem Unfall verbreitete sich unter den Fischweibern Berehavens wie ein verdammtes Lauffeuer. Auf der windumtosten Baustelle oben fand an diesem Morgen nichts statt außer Schicksalsergebenheit, Verstörung und morbider Nabelschau. An Tag zwei ruinierte sich so ein verfluchter Idi mit einem Hydraulikhammer beinahe das Familienglück. An Tag fünf erlitt ein Zweiunddreißigjähriger aus Glengarriff einen kleinen Schlaganfall, während er Sand und Kies mischte. Inzwischen hatte Bauträger Murphy Mühe, das Personal bei der Stange zu halten, er war deprimiert und trank sich heftig durch die trägen Abende in der West End Bar. Jeden Donnerstagmorgen fuhr Maurice nach Cork, um den ersten Zug aus Dublin abzupassen, in dem ihre wöchentliche Heroinlieferung war. Am zehnten Morgen der Bauphase – einem Freitag – ging ihnen gerade auf, dass die wöchentliche Lieferung stark gestreckt war, und sie flippten total aus, da rief Charlie Redmond aus Spanien an und verkündete, die Guardia Civil habe ein Rennboot mit einer halben Tonne ihres marokkanischen Haschischs just beim Einlaufen in La Línea de la Concepción aufgebracht. Pech, Pech. Das Boot sei offenbar schon in Ceuta entdeckt worden, aber was sollte man machen? Charlie Redmond heuchelte unbekümmerten Gleichmut, den Maurice Hearne verflucht noch mal gerade gar nicht ertragen konnte. Fundamente in die Felsen oberhalb von Berehaven zu schlagen, war eine Scheiß-Arbeit. Die Felsen kreischten und jaulten, wenn man hineinbohrte. Die Kinder der Felsen heulten. Wir setzen hier Zeichen, die zu setzen wir kein Recht haben. Dafür werden wir noch geradestehen müssen. Pech, Pech. Er begann, sich zu fragen, ob Cynthia auf Bauträger Murphy stand, der ein großer, gut aussehender, ungehobelter Arsch war, aber mit einem zarten Händchen für die Ladys, und seine schwarze Depression gab ihm vielleicht einen poetischen Touch. Allein fuhr Maurice an einen Ort oberhalb des Grundstücks, schaute auf die Baustelle hinab und holte sich traurig zu Fantasien über das Mädchen, das nachmittags in der West End Bar arbeitete, einen runter. Mit Cynthia mischte er das gestreckte Heroin und Koks zu Speedballs; die spritzten sie sich und vögelten, um sich danach zu streiten. Pech, Pech. Die Bullen fuhren täglich mit einem interessierten kleinen Lächeln an der Baustelle vorbei. Am ersten Morgen der dritten Woche, als sich die Ausschachtung für die Fundamente langsam dem Feenhügel näherte, spuckte ein weiterer Arbeiter reichlich Blut und ward nicht mehr gesehen. Die Hälfte der Leute auf dem Bau waren jetzt vom Trawler gefallene spanische Fischer, die zu nichts taugten, weil das Wetter sie fertigmachte. Der April war nass geworden, die feuchte Meeresluft kalt, und Maurice Hearne hörte nächtens alte Stimmen. Aber sie blieben dran. Es gab ja so was wie Dickköpfigkeit. Die Häuser begannen, aus dem Hügel zu wachsen – ein Halbmond aus neun Gebäuden, der Ard na Croí genannt werden sollte. Ein paar Kilometer küstenabwärts war eine Schiffsladung Kokain im Wert von zwei Millionen Pfund beschlagnahmt worden, und Maurice wurde zum Verhör einbestellt. Schnell war klar, dass er nichts wusste. Als er die Wache verließ, sagte der Mensch von der Kripo zu ihm: Wenn Sie mal morgens früh wegwollen, Moss, fahren Sie rein und passen den Zug nach Dublin ab. Da wollte er wieder abhauen, aber nun hatte er Wurzeln geschlagen. Scheiß-Irland. Seine lächelnden Schurken. Seine sprechenden Steine. Seine verwunschenen Felder. Sein Meeresgedächtnis. Seine Wildheit und Zerrissenheit. Seine eingefleischte Melancholie und wie sie einen befiel.

FÜNFTES KAPITEL

Mutter Faust und ihre fünf Töchter

Im Hafen von Algeciras, Oktober 2018

Die Zeit verläuft hier in seltsamen Schwüngen. Es gibt Tage und Nächte, in denen du nicht weißt, wo zum Teufel du bist, vom Wann nicht zu reden. Die Leute kommen und gehen. Ihre ewigen Gesichter; ihre Lippen, die stumm die sieben Ablenkungen intonieren. Bald werden auch die Boote wieder reinkommen und rausgehen. Wenn wir uns durchs Wasser bewegen, ist unser Herz bewegt. Wir sind schon verdammt komplizierte Maschinen. Jetzt verschmelzen die Stunden im Hafen von Algeciras. Für die abgehalfterten irischen Gangster dauert das lange Warten an –

Weißt du, worüber ich öfter mal nachdenke, Maurice?

Erzähl's mir, Charlie.

Über den Tod, Moss.

Da wären wir wieder.

Ist er wirklich so schlimm, wie die Leute sagen?

Wie meinst du das?

Isses nicht irgendwie erleichternd, wenn sie dich holen kommt? Die schwarze Engelsgestalt? ... Still jetzt ... Hörst du? ... Das sanfte Rauschen ihrer Schwingen ... Hörst du's?

Charles?

Sind wir ohne sie denn wirklich gut dran? Das wär meine Frage. Bei all dem Bockmist, der passiert.

Ich seh da jedenfalls kein Picknick vor mir, Charlie. In Sachen Tod.

Du glaubst also, er ist das Ende?

Ich will nicht behaupten, dass er das Ende wär. Ich seh da bloß kein Picknick vor mir.

Ich blicke eigentlich ganz frohgemut auf die Begegnung mit Schnitter Tod voraus. Wie die Dinge liegen.

Was siehst du denn dann da hinten, Charlie? Am Ende der Straße?

Keine Blumenwiese. Das will ich gar nicht behaupten. Auch keine mondhelle Bucht. Wo all deine alten Flammen Schlange stehen, um dich zu bedienen, eine nach der anderen, in der Blüte ihrer Jugend. Rosige Wangen und glückliche Äuglein. Das will ich auf gar keinen Fall behaupten. Aber was ich mir vorstelle, Maurice, ist so ne Art … Stille. Weißt du? Nur so ne Art … Stille.

Hübsch, sagt Maurice Hearne. Erholsam.

Wenn du drüber nachdenkst, mit was wir uns ein Leben lang abfinden? In Sachen Lärm?

Die reinste Kakofonie, Mr Redmond.

Wir reiten an der Spitze eines Schreis und auf der Woge des Gebrülls unserer Mütter ins Leben.

Unserer armen Mütterlein, die dabei fast das Stroh aus der Matratze gerissen haben.

Und was machen wir als Erstes? Fangen selber an zu brüllen und zu heulen. Saugen Luft in die Lungen und legen los. Kotzen uns lang und breit aus. Und wie gehen wir wieder? Am hinteren Ende des Lebens? Oft genug genauso. Brüllen es uns aus dem Leib.

Und was passiert dazwischen?

Lärm, Maurice. Nichts als Lärm und Fassungslosigkeit.

Du suchst nach den stillen Orten im Leben, Charles. Und, findest du sie?

Auf dem Scheißhaus.

Vielleicht auch in der Liebe.

Vielleicht.

Ich hab sie geliebt, Charlie.

Ich weiß. Tut mir sehr leid.

Lange Zeit. Ich kannte sie, weißt du. Cynthia. Ich wusste, wer sie war.

Denkst du manchmal dran, wo sie jetzt ist?

Mach ich, ja. Ich seh da kein Picknick vor mir.

Du meinst, was, wenn es nur …

Wieder die alte Leier ist.

Da hinten, auf der anderen Seite. Was, wenn es nur …

Lärm ist?

Eine Fähre aus Tanger legt an. Es geht wieder was über die Meerenge. Ein paar zerlumpte junge Leute trotten verschlafen durchs Terminal. Sie tragen die Last Afrikas auf den Schultern. Mit feuchten Augen werden sie von den halb aufgeschickten, halb heruntergekommenen Iren beobachtet.

Dilly Hearne?

Dill oder Dilly?

Sie ist n kleines Mädchen.

N hübsches Mädchen.

Dreadlocks. Die Sorte Hund am Strick. Mit so nem posierenden Gang.

Die Männer sitzen ruhelos auf der Bank. Blicken vom hohen Haufen ihrer Jahre herab. Und sind jetzt alt genug für die lange Sicht in beide Richtungen.

Wurde knifflig, sagt Maurice. Mit Dilly. Als sie älter wurde. So mit vierzehn, fünfzehn? Schlich im Haus rum wie ne Aussätzige. Und die Schule, in der sie war? Die ist mir echt auf die Nerven gegangen.

Die Schwestern von der Ewigen …

Scheiß-was-auch-immer. Ich erinnere mich an nen Tag, Charles, auf dem Höhepunkt des Ganzen, nen Tag, an dem ich wirklich andere Sorgen hatte. Aber es hat mich gefuchst, weißt du. Der Gedanke an die arme Dill in dieser Schule. Also hab ich mich ans Telefon gehängt und die Direktorin angerufen. Hab ihr total den Kopf gewaschen. Hab gesagt, jetzt hören Sie mal gut zu, Missus, okay? Ich will ja nicht behaupten, ich wär in Sachen Uniformen der große Bescheidwisser. Aber ist Ihnen eigentlich nicht klar, was Sie da anrichten? Das sind sehr aufgeschlossene junge Leute. Und noch formbar. Junge Mädchen, grad mal fünfzehn Jahre alt. Und wie Sie die rumlaufen lassen, in diesen grässlichen alten Uniformen? Furchtbar formlose Röcke und Pullover, runter bis zu den Knöcheln, als würden sie Säcke tragen? Sie wollen diese Mädchen dazu bringen, dass sie sich verleugnen! Diese schönen Mädchen! Wissen Sie, was das ist? Ein verfluchter katholischer Hidschab!

Der hast du's aber gegeben, Maurice.

Ich will ja nicht behaupten, ich wär irgendwie in ner Position gewesen, mich aufs hohe Ross zu setzen. Als ich mit ihr sprach, lag ich ne Meile vor der Küste von Clare, ne halbe Tonne Marokkaner im Laderaum. Und die Angst des jaulenden Christus in mir. Die See rollte, das Schiff krängte … Gott steh mir bei … Rollend und krängend ne Meile vor Fanore, n Wintermorgen, und keine Spur von Charlie Redmond oder seinem verfluchten Laster … Und ich denke, Maurice? Du wirst allmählich zu tattrig für diesen Quatsch … Ich dachte, das Wichtigste ist jetzt meine Tochter, auf die sollte ich mich … mich mal konzentrieren, weißt du?

Du warst n toller Dad, Maurice. In meinen Augen.

Aber dann lichtete sich irgendwie der Nebel. Und zwei Scheinwerfer tauchten auf … Leuchteten … Ganz nah … Im grauen Morgen … Über dem alten Pier von Fanore. Und da war er, Charlie Redmond aus Farranree … Wie n Mann, der dich nie im Stich lassen würde.

Glaubst du, n Ende ist absehbar, Charlie?

Boote kommen rein, Boote gehen raus. Kann schon sein, dass sie noch auftaucht.

Aber was ich mich frage?

Tu's nicht, Moss.

Ist, ob hübsche Mädchen Gräber schaufeln?

Das wüssten wir. Irgendwie. Aus dem Bauch raus. Wenn sie ihren letzten Schnaufer getan hätte.

Glaubst du, sie will uns abziehen?

Liegt ihr eben im Blut. Ihre Mutter war genauso. Ne falsche Schlange.

Und ne scharfe Zunge, Cynthia. Als ich ohne mein Auge nach Hause gekommen bin? Aus Tanger? Nach allem, was ich durchgemacht hatte, sah sie nur einmal kurz hin und meinte, wer zum Teufel glaubst du, wer du bist, Thom Yorke?

Nie von dem gehört. Oder warte mal … war das nicht so n lahmer Junge aus Summerhill?

Der Typ von Radiohead, Charlie.

Hab ich nie gemocht. Kreischeulen. Und der Haufen Geld, den die Wichser verdienen? Sollten dringend die Ukulelen rausschmeißen.

Der hat auch so nen Einäugigenblick.

Verdient haufenweise Geld. Und jammert wie ne abgestochene Ziege? Sollte mal n bisschen den Mambo rauslassen.

Glaubst du, es hat mich attraktiver gemacht, Charlie? Auf irgend ne Weise? Das kaputte Auge?

Es hat dir n bisschen Charakter verliehen, Moss.

Soll heißen, vorher hatte ich keinen?

Als jüngerer Gent sahst du ziemlich nichtssagend aus, um fair zu sein, Maurice.

Das kann man ihm zugutehalten. Dem Älterwerden. Es verleiht einem n bisschen Stil. Auf irgend ne Weise.

Es ist die Verzweiflung, die uns Stil verleiht. Uns Gents in nem gewissen Alter. Aber Tatsache, Moss? Obwohl wir uns einen abstöhnen? Obwohl wir aus dem letzten Loch pfeifen, als säßen wir in der Zwicke zwischen Radiohead und nem verregneten Dienstag? Tatsache ist, wir sind in den besten Jahren. Du und ich? Wir sind drei Uhr an nem Sommernachmittag.

Schwer, das zu genießen, Charlie. Ich hab n schlechtes Gewissen. Immer noch.

Klar hast du das. Von wegen, weil du das Mädchen beinah umgebracht hättest.

Schmerzhaft, da dran zu rühren. Selbst jetzt noch.

Ich weiß, Maurice. Tut mir leid.

Unter den Steinen der Kais von Algeciras kriecht die feuchte Luft der Erinnerung hervor – dies ist einer der Orte auf der Erde, die für eine anständige Schwelgerei wie geschaffen scheinen.

Mein Vater?

Charlie Redmond lächelt, aber düster. Er blickt zu den hohen Fenstern hin. Schüttelt verwundert den Kopf.

Ich glaub, mein Vater war der blasseste Mensch in ganz Cork, sagt er.

Das will verflucht was heißen, sagt Maurice.

Er hätte Priester werden sollen. Sich gar nicht fortpflanzen. Das hätte der Welt nen Haufen Scherereien erspart. Er glaubte an Gott und ein Schicksal in Demut. Er glaubte, hier wär das Tal der Tränen. Und wir bloß auf der Durchreise.

Damit lag er vielleicht aber goldrichtig, Charlie.

Ist an nem Freitag in Rente gegangen. Am Dienstag drauf bekam er einen schweren Schlaganfall. Fünfundsechzig Jahre alt. Und sie buddeln ihn in den nassen Lehm. Nen Mann, der an keinem Tag seines Lebens zu spät zur Arbeit gekommen ist.

Alte Knochen, wenn man bedenkt, wie früh *mein* armer Dad den Löffel abgegeben hat.

Das waren schwere Zeiten für dich. Wie alt warst du? Achtzehn? Neunzehn?

Wir waren grad in die neue Wohnung gezogen. College Road. Gleich neben St. Fin Barre's. Da tickte er schon nicht mehr sauber. Saß auf nem Liegestuhl draußen vor der Haustür und spielte Platten von Hank Williams. Hank war nie n gutes Zeichen. Es war Sommer und um elf noch fast taghell. Er auf seinem Liegestuhl. Die Mutter brachte ihm becherweise starken Tee. Hank quäkt auf der Sanyo-Kombianlage. Die Mutter verfuhr nach dem Prinzip, dass Tee bei Nervensachen der beste Helfer ist. Da war der Vater schon nicht mehr bei der Arbeit. Nicht mehr im Hafen von Cork.

Wenn du mit der Arbeit durch bist?, sagt Charlie. Drauf geschissen.

Er kriegte Invalidenrente. Schlief ungefähr so viel wie n Floh. Er stand in Verbindung zu seltsamen Gewalten, Charlie. Verflucht noch mal, davon bin ich fest überzeugt. War wie n … n Empfänger. Für verflucht merkwürdige Übertragungen. Die Mutter stolziert also raus zu ihm mit dem traurigen schmalen Gesicht und dem Becher Tee. Hank strapaziert die Einsamkeitsnummer. Trinker kommen aus der Abbey Tavern gegenüber. Aller Sorgen ledig. Hochsommer, beim elften Glockenschlag noch hell, und meine Mutter erahnt schon die kürzer werdenden Tage. Wir können's jetzt noch nicht wissen, sagt sie, aber bald werden die Abende kürzer, und dann verschlucken sie uns. N armer Mann, bis auf die Knochen deprimiert, seit er das Licht der Welt erblickt hat, soll sich so was anhören? Aber er wusste genau genug, dass er ohne sie in der Geschlossenen am Daumen genuckelt hätte.

Die Ehe, sagt Charlie. Schön und grausam.

Wegen mir auszuflippen, hat sie beide bei der Stange gehalten. Ich war n Segen. Das Ausflippen gab ihrem Leben nen Zweck. Maurice wird noch im Knast von Cork enden. Was soll er bloß machen, Noel? Er könnte ja nach England. Ob das gut für ihn wär, Noelie? Andernfalls wärmen sie ihm im Knast von Cork ne Pritsche an, Ciss. Mein Vater. In seinem Liegestuhl um Mitternacht, und Hank Williams senior schreit sich das heulende Elend aus dem Leib.

Und Maurice sieht es noch heute deutlich vor sich, die Sommernacht leuchtet blass, die späten Trinker torkeln noch immer aus dem Abbey, und sein Vater sitzt in seinem gestreiften Liegestuhl, geht aufs Ende zu, und die Fledermäuse jagen unter die Traufen der Kathedrale.

Ich glaub, wir haben uns nur zweimal im Leben ausgesprochen. Ich und mein Vater. Einmal? Das war in diesem ersten Winter an der College Road. Wir saßen vor der Glotze, Sonntagnachmittag, n Fußballspiel, in Highbury, es war n Sonntag im Dezember.

Schneeteppiche auf dem Rasen. Die Spieler blau unter der Winterbeleuchtung. Sonntagnachmittag in der Reihenhaussiedlung – Bratendüfte in der Luft, und überall heulende Kinder.

Er schaut mich an, Charlie. Sagt, was willst du denn jetzt mit dir anfangen, Moss? Und da wusste ich, dass er im Sterben lag. Wusste, er würde den Abgang machen. Bin mir noch nicht so ganz im Klaren, Da, sagte ich. Vielleicht geh ich ja doch nach England.

Es war Arsenal gegen United. Bissig und spritzig. Sein Vater beugte sich vor und zog sich die Socken hoch. Sie klebten mit den Augen am Spiel und achteten darauf, einander nicht anzuschauen.

Vielleicht tät's dir ja gut, Moss, sagte er. Will nicht behaupten, dass es da leicht wär. Isses nämlich nicht. Hab ich dir je erzählt, wie ich in Wolverhampton aus der Spur geraten bin? Ich meine, noch bevor ich deine Mutter kennengelernt hab. Wolverhampton war trostlos. Die Schwarzen fraßen Hundefutter. Da bin ich aus der Spur geraten. Wusste nicht mehr, wo oben und unten war.

Das Licht draußen um halb vier war bitter und verhärmt. Die vertraute Stimme des Kommentators besänftigte den Nachmittag wie eine Droge. Von allen Seiten drückte schwer die Welt, dann wieder gab sie Raum – es fühlte sich an wie Atmen, und Maurice Hearne war neunzehn Jahre alt.

Aus dem Nichts und dem Londoner Himmel heraus fiel in Highbury ein Traumtor – ein Volleyschuss, ein *gezielter* Volleyschuss aus dreißig Metern. Sein Vater sprang auf und applaudierte. Maurice lächelte zwar, aber dieses übertriebene Verhalten gefiel ihm mitnichten. Sein Vater setzte sich wieder und verzog das Gesicht zu einer Grimasse. Damals achtete Maurice bereits wachsam auf seine Launen und Stimmungswandel, und er wusste, dass dies per se kein gutes Zeichen war. Ein vages Gefühl, dass ihm ein Geschwister fehlte, fand nicht die rechten Worte. Aus dem Nichts und dem Winterhimmel heraus erfolgte eine Feststellung seines Vaters, die direkt ans Eingemachte ging.

Du bist überhaupt nicht so wie meine Leute, Maurice. Du bist wie ihre.

Er erkannte die Großzügigkeit darin, und den Trost – abkaufen tat er ihm beides nicht.

Und das tut dir ja eigentlich auch ganz gut, Moss.

N paar Wochen später, Charlie? Weihnachten war noch nicht ganz vorbei, und der Mann saß wieder in der Geschlossenen.

Echt hart, Maurice.

Rauchgraue Ziegel. Reste von viktorianischem Zierrat. Die Klapse. Der grüne Korridor, der drei Jahrhunderte Schmerz und Elend verbarg. Auf die Station selbst durfte Maurice gar nicht. Er wurde in ein Besucherzimmer geführt, das aussah wie ein Verhörraum. Die Feuchtigkeit und die blätternde Farbe; der intensive Hass auf das bürgerliche Irland. Er wartete und rauchte. Nach einer Weile brachte ein schwergewichtiger Pfleger seinen schlurfenden Vater vorbei. Bei Maurice' Anblick brach er in Tränen aus. Er war voller kleiner Schnitte, weil sie ihn unsauber rasiert hatten.

Ach, hör auf, Da, bitte.

Er langte über den Tisch und wollte seinen Vater am Arm berühren – Herr Jesus Christus –, aber irgendwas hielt ihn ab.

(Irgendwas? Das Land, die Luft, der Himmel; unsere Kirche, unser Meer, unser Blut.)

Wer sorgt verflucht noch mal dafür, dass du in solchen Pantoffeln rumlaufen musst?

Bigfoot, sagte sein Vater.

Der Pfleger brachte seinem Vater einen Becher Tee und mit Vanillecreme gefüllte Kekse. Er verzehrte sie lustlos und schnell, wie zur Buße, und der Tee wurde mit wenigen großen Bauernschlürfern alle. Er war ein rundum falsch gepolter Bauernjunge. Man hätte ihn nie in die Nähe einer Stadt lassen sollen.

Mam kommt dann heute Abend zu dir raus, würd ich sagen.

An der Wand hing eine gewaltige Uhr, die gnadenlos jeden Moment verlangsamte. Er hätte seinen Vater fragen können, wie es ihm ergangen sei, aber irgendwas verbot ihm das. Als er den in seinen Grundfesten erschütterten Mann über den Tisch hinweg ansah, war da keine Angst. Sein Vater hatte die Himmel einstürzen hören und war gleichwohl noch in der Lage, Kekse runterzuwürgen.

Kommst du zum Schlafen, Da?

Äh, ja, klar.

Ich glaub, um mich brauchst du dir keine Sorgen zu machen, Da. Das weißt du doch, oder?

Sein Vater konnte nicht sprechen, nickte aber.

Ich würde das hier nicht hinkriegen, sagte Maurice. Du bist stärker.

Mit seinem Vater und dem Pfleger ging er durch den Korridor zurück. Der nachmittägliche Betrieb dort. Diese armen, ausgebrannten Männer in ihren fleckigen Schlafanzügen. Die Jammerer und die Kicherer. Denen die mondbleichen Ärsche hinten heraushingen. Die Marsianerblicke. Wer auch immer diese armen Schlucker rasierte, hatte einen sensationellen Tatterich.

Zwei Tage nach seiner Entlassung schlitzte sich sein Vater im Bad die Pulsadern auf. Er hinterließ eine mit Klebeband an der Badezimmertür befestigte Nachricht des Inhalts, sie solle nicht eintreten. Sondern den Notruf wählen.

Und das, Charlie, ist der Lauf der Welt.

Am Ende nehmen sie dir die Kleider, doch zuerst dein Geld.

Die Fähren haben sich gestaut, und jetzt kommt eine weitere rein – sie spuckt junge Leute mit Dreadlocks, kaputten Rucksäcken und sonnenverbrannter Haut aus, aber Dilly Hearne ist nicht dabei. Es ist Nachmittag im Terminal von Algeciras. Jählings erschaudernd fasst sich Maurice an den oberen Rücken und sieht eine Sekunde lang verängstigt drein –

Hattest du jemals so n pfeifendes Stechen im linken Lungenflügel, Mr Redmond?

Ist das einer von diesen fiesen Schmerzen, die du vorher nicht kanntest, Mr Hearne?

Ja, genau.

Gib ihm Zeit, dann wird er dir richtig ans Herz wachsen.

Maurice beugt sich zu seinem Freund hinüber, und jetzt spricht er ängstlich und sehr leise.

Ich bin einundfünfzig Jahre alt, gottverdammich, Charlie.

Du hast es krachen lassen, Maurice. Was passiert, passiert. Du hast mehr rausgeholt als ich.

Stimmt.

Ich bin n tragischer Fall.

Ach komm.

Charlie Redmond? Der hätt n Glasauge zum Heulen gebracht. Ich meine, ich stand vor meiner Mutter wie so n kleiner Chorknabe. Engelsgleich? Du hättest mich auf n Heiligenbildchen pappen können. Die Mutter dachte, sie hätte es mit dem Lamm Gottes zu tun. Und wusstest du, dass ich Stepptänzer war, Maurice? Als junger Spund?

Wusste ich nicht.

Hab Medaillen ertanzt. Ich hätt sie mir auf die Brust pinnen können, einmal rum und noch über den halben Rücken. Der Mutter sind Tränen des Stolzes übers zarte Kinn gelaufen. Sie wär fast in Ohnmacht gefallen vor Stolz. Bis sie in Rosscarbery mit ner Dreiviertelflasche Cork Dry Gin intus rückwärts vom Balkon gestürzt ist. Auch das hat mich gezeichnet. Aber mein eigentliches Problem war immer die Energie.

Wem zum Teufel sagst du das?

Die überschüssige Energie in meinem Fall. Die brauchte irgendwie n Ventil. Und du weißt, wo sie's gefunden hat.

Das mit der Energie ist ne knifflige Sache. Fürs männliche Geschlecht. Weißt du, dass ich sogar das mit der Selbstbefleckung aufgegeben hab? Von wegen der Energiefrage?

Recht so. Dir hing ja auch schon die Schulter aus dem Gelenk, Moss.

Von jetzt auf nachher. Einfach beerdigt, das Thema. Dachte, das würde mich zum Wesentlichen zurückführen.

Und, wie isses so gelaufen?

War die ganze Zeit mit Stielaugen unterwegs. Keine Frau

zwischen siebzehn und siebzig, die nicht dem Geierblick ausgesetzt war. Ich hab gesabbert wie n Hund, Charlie.

Das mit der Selbstbefleckung kann man nicht so einfach stecken. Ist ne notwendige Erlösung für Gents jeden Alters.

Komisch, dass kein Erwachsener je drüber redet. Wo wir's doch alle machen.

Mit Leib und Seele. Aber warum soll es komisch sein, darüber den Mund zu halten? Worum geht's dir? Um Technikanalyse?

Ich bin da mittlerweile ziemlich versiert, Charlie. Um ehrlich zu sein.

Also machst du es wieder?

O Gott, na klar.

Mutter Faust und ihre fünf Töchter.

Die mich nie im Stich gelassen haben.

Wieder bricht die Dunkelheit herein – zieht ihre Decke in einem trägen Schwung über die Meerenge. Auch heute Nacht werden Boote auf dem Wasser sein, aber vorläufig nicht.

In der Cafeteria des Terminals jammern die Ventilatoren in glasigem Vibrato oder scheppern brüchig, und darunter tönt ein Generalbass spanischer und marokkanischer Stimmen.

Maurice und Charlie begeben sich zu den hohen Hockern an der Bar und beschließen in stummer Konsultation, Brandys zu bestellen.

Was war das noch gleich auf Spanisch, Charlie? Der Brandy?

Hennessy, sagt Charlie.

Könnte uns n bisschen aufpeppen?

Schon möglich, Maurice.

Maurice ruft nach zwei Hennessys. Als sie eingeschenkt werden, scheint die Jetztzeit zu flimmern und zu glühen, und die Vergangenheit wird instabil. Sie verschiebt und arrangiert sich neu da hinten.

Während er sich langsam auf dem Barhocker umwendet, wird Maurice Hearne in eine Zeit vor fast zwei Jahrzehnten zurückversetzt, eine Zeit unnatürlicher Störungen in seinem Leben, eine Zeit, die beinahe zum Tod seines Mädchens geführt hätte.

SECHSTES KAPITEL

Ein Zauber

Bei Berehaven, in Sevilla, in Málaga und wieder bei Berehaven, Dezember 1999

Dies ist aus ihrer dunklen Zeit. Sie war vier Jahre alt. Es war das Ende des Jahrhunderts, und das fühlte sich sehr merkwürdig an. Als würden alle sich verabschieden. Der früh einsetzende Winter war kalt und klar. Sie lebten außerhalb von Berehaven. Es war rau da oben auf dem Hügel. Und er in einem bedenklichen Zustand. Ganz aufgewühlt und irgendwie hellsichtig, und er wollte nichts als rumvögeln.

Meist wohnte er im Gästezimmer. Sie hatten eine schlechte Phase. Morgens sah er nach der schlafenden Cynthia. Wie sich ihre Lippen bewegten. Sie musste wilde Träume haben. Dann sah er nach Dilly, die im Halbschlaf lag, und wenn sie sich umdrehte, sprach er mit ihr, und zwar verrücktes Zeug – erzählte ihr, in ihrem Haar lebten winzige Elfen. Auf jeder Strähne säße gewichtslos eine. Er sagte, die beschützen dich, wenn mir was Schlimmes zustößt.

Er war sicher, dass die schlechten Zeiten nahten.

Sie hatten die neun Häuser Ard na Croí genannt. Die Häuser kauerten über der Stadt, dem kalten Hafen. Sie konnten sie nicht verkaufen – die Pechsträhne hielt an. Der Halbmond lag verlassen bis auf sie drei. Sie wohnten im letzten Haus hinten – der Nummer neun –, und morgens setzte er sich hin, goss sich Kaffee aus der Kanne aus Tanger ein und sah hinaus auf die alte Erhebung, und die atmete. Da war er ganz sicher. Es war ein strahlender, heller Winter, dort oben standen keine Bäume, und die Vögel zeigten sich selbst in der harten Jahreszeit vor der kargen Landschaft mit den Felsen, eine Schar Finken, die vor dem Grau in einem Streif wie aus rotgoldenen Juwelen dahinhuschten, und es war schön, und er ertrug es nicht mehr. Er formte Worte auf den Lippen und wusste nicht, woher sie kamen. Er begann, im Himmel eine Art Membran zu sehen. Sein Kopf fühlte sich so groß an wie der Planet. Der Himmel war nur eine Hülle für sein pulsierendes Gehirn, und die war zu dünn. Er konnte explodieren wie ein Stern.

Seit Monaten war er neben der Spur, den ganzen Winter schon. Es gab hysterische Sonnenuntergänge. Es gab wütende Eifersuchtsanfälle. Wenn morgens die Sonne hochkam, war ihr Licht ihm kurzfristig Balsam, und vielleicht eine halbe Stunde lang ging es ihm ganz gut. Nachts, wenn das Meer stöhnte, verstand er das als Anspielung, und er war sicher, dass sie ihn betrog. Er gab sich jeder verrückten Vision hin, die sein krankes Hirn anzubieten hatte. Sah jede Szene genau vor sich. Jeder Mann, mit dem sie ein Wort wechselte, kam darin vor. Er führte Buch über ihren Tagesablauf. Ging raus und kam unversehens zurück im Bestreben, sie zu überführen. Parkte auf der Straße oberhalb des Hauses und beobachtete es im Dunkeln. Der Motor im Leerlauf, sein armes Herz am Rasen. Seit ihrem Einzug hatte er nicht mehr vernünftig geschlafen. Nachts lag er da und hörte Wind und Regen sprechen. Und das Meer stöhnen.

Die Sonnenuntergänge waren biblisch. Wenn sie einen anständigen Tag hatten, fuhren sie abends ans Ende der Halbinsel, sahen zu, wie der Horizont sich mit dem Blut des Himmels füllte, und sagten dem Tag Lebewohl, und Dilly winkte mit ihrem kleinen Pfötchen der untergehenden Sonne zu und sagte

tschüs jetzt, bis bald und viel Glück

mit dieser seltsamen Altfrauenstimme, die sie neuerdings gern nachahmte, während die Sonne hinter dem dunklen Meer versank, und diese Fahrten waren wirklich eine immense Befreiung, weil hier im Pferch des Autos alle Lämmchen sicher und gezählt waren – eins, zwei, drei –, sicher und verflucht noch mal gezählt.

Die Wintertage waren hell und träge. Von den meisten Drogen waren sie runter. Die Stunden schleppten sich bleiern und schwerfällig dahin wie alte Gäule. In Bantry vögelte er ein abgerissenes Mädchen, weil er dachte, das würde ihn vom Zorn befreien; doch der Zorn wurde stärker. Wenn er abends seine Mutter anrief, fragte sie ihn, wie es so lief, und in der Frage schwang mütterliche Intuition mit. Geht's dir nicht so gut, Moss? Er sagte, das sei schwer zu sagen.

Eines Sonnntagmorgens im Auto vollzog er einen sexuellen Akt an einem Barmädchen, das er aus Berehaven kannte, und dachte, das könnte ihm das Hirn durchputzen. Es putzte kein verfluchtes Hirn durch. Stattdessen fiel ihm ein seltsames Bild ein.

Es war das Bild des an die Erde gefesselten Gulliver – die Haut tausendfach gespannt und festgepinnt –, dazu seine

Frau, sein Kind, seine Mutter, sein toter Vater, der grüne Korridor, seine Verbrechen und Süchte, seine Feinde und Schlimmeres, seine Freunde, seine Schuldner, seine schlaflosen Nächte, seine Gewalt, seine Eifersucht, sein Hass, seine verfluchte irre Lust, seine Bedürfnisse, seine acht leer stehenden Häuser, seine Opfer, seine namenlosen Ängste und das Hämmern seines Herzens im Dunkeln und all die Gefahren, die sich durch die Nacht bewegten, und all seine Geister und was sie von ihm forderten, und die Orte, an denen er in seinem Leben gewesen war und an die er zurückwollte, und die großen Reservoire der Stille oben in den knochenreichen Hügeln – was lebt bloß in diesen verfluchten Hügeln? – und die Abgeschiedenheit, nach der er sich so schrecklich sehnte, und der Frieden und die Liebe, die er so dringend brauchte, und im Grunde war er noch ein junger Mann, wirklich sehr jung – und doch, ja, an die verfluchte Erde gefesselt.

Und, o Gott, wie dringend er Schluss machen wollte.

Die Boote stachen in See. Die Trawler schipperten ihren Rost durch die Wintersonne. Im Hafen war immer schwer was los. Maurice lebte in einer merkwürdigen Zwischenwelt. Er dachte daran, seinen Wagen ins Meer zu steuern.

Nachts, neben ihr, wenn er denn Zugang zum Bett erhielt, im Natriumdampfduster der Außenbeleuchtung, das durch die Fenster drang, fuhren seine Fingerspitzen sanft über das Mal auf ihrer tätowierten Titte – die Zahl 13. Er wollte ihr Schmerz zufügen. Er wollte ihr widmen, was von seinem Leben übrig war. Sie hatten alten Boden aufgerissen, den sie lieber unberührt gelassen hätten.

Er sah nach Dilly, die durchgeschwitzt im frühmorgendlichen Dunkel träumte, und er dachte an einen Abschied – einen Abschied von seinem Kind – und daran, wie der verflucht noch mal aussehen könnte.

Seine Eifersucht in diesem Winter war ein grünes Fieber, aber bisweilen ließ es nach, und er konnte sein eigenes Leben führen, wenn auch nur für ein paar Stunden, aus den Lenden heraus atmend, wie es schien, aus einer Beule in seinen Lenden, und nur zu einem einzigen Zweck. Er kannte Frauen in Berehaven und in Bantry. Er brachte ihnen Geschenke mit, Kokain und schwarzes Haschischöl. Er sprach leise zu ihnen, erzählte keine Witze, und er las ihre Gedanken an Sex, noch bevor sie ihnen über die Lippen kamen. Es war die Jahreszeit der hoffnungslosen Lust. Der Samen befahl sich, zu besamen und sich auszusäen, aber dalli. Gleichfalls verkündete er die Nachricht, dass der Tod kommen würde, und vielleicht schon bald.

Natürlich wollte er bei seinen Spielchen ertappt und lebendig dafür verbrannt werden, seine Asche verstreut in alle Winde, in das Meer.

Und wenn sie schon einen anderen vögelte, vögelte er lieber auch, und zwar was immer er kriegen konnte, vögelte alles, was auf zwei Beinen lief, eine Lunge, Einsicht und opponierbare Daumen hatte.

Das war die angesagte Logik.

Und doch gab es den einen oder anderen Abend des Strafaufschubs mit Cynthia, an dem sie wieder sie selbst waren, in ihre eigene Haut schlüpften, an dem sie drei prächtige Stunden lang zu zweit zusammensitzen und in die Flammen starren konnten. Und dann still und heftig vögelten, bis sie auf dem Läufer vor dem Bett landeten.

Und der Winter, der war kalt und klar.

Wenn du nur schlafen könntest, sagte sie, würdest du das vielleicht los.

Das Jahrhundert sprengte die Form seiner letzten kurzen schönen Tage.

Und in tiefer Tristesse saßen sie auf dem Läufer vor dem Bett, draußen in der Nacht schickte die Erhebung ihre Seufzer gen Himmel, und sie redeten eine Weile über das übrig gebliebene und all das verschwundene Geld, und das war seltsam tröstlich.

Doch auf der Brise der Tristesse trug es einen säuerlichen Geruch durchs Zimmer, und während sie weißen Rioja tranken, der im Glas warm geworden war, wandte sie sich ihm zu und sagte, sie könne es an ihm riechen.

Ich kann es an deinem verdammten Gesicht riechen.

Also, für wie dummfotzig hältst du mich eigentlich, Maurice? Für wie dämlich, dass du glaubst, ich riech das nicht an dir? Soll ich es etwa nicht riechen, wenn du es mit nach Hause bringst? Nachdem du dich mit irgendeiner verdammten Schlampe rumgetrieben hast? Also welche war's heute? Welche hast du heute gefickt? Sag mir, dass es nicht die kleine fischäugige Fotze von der Haven Bar da unten war.

Ach, Cynthia, sagte er. Hör mal.

Mit ihrem verdammten Hühnerarsch! Und weißt du, was passieren wird? Du wirst elf verschiedene Krankheiten in dieses Haus einschleppen. Weil sie sich alles schnappt, was vom verdammten Boot fällt! Und du wirst sie weitergeben, Maurice! Meinetwegen, mach das. Aber du kommst hierher? Mit deinen verdammten Rehaugen! Du kommst hierher! Mit deinem Wo-warst-du-nur, Cynthia? Weil dein krankes Scheiß-Hirn den Gedanken nicht erträgt, dass du mit einer zusammen bist, auf die vielleicht auch andere scharf sind, dabei hast du mir mein verdammtes Leben gestohlen! Gestohlen hast du es! Ich durfte mich verdammt noch mal verstecken und wusste nicht, ob du tot oder lebendig warst! Im verdammten Tanger! Im verdammten Málaga! Du hast mich allein gelassen, Maurice!

Er blieb so lange, bis er es nicht mehr ertragen konnte, dann noch ein Weilchen, und schließlich haute er ab. Mitten in der Nacht. Er haute ab in einem kaltherzigen Moment, ohne ernsthaft darüber nachzudenken. Setzte sich einfach ins Auto und fuhr los, bis ihm die Straße ausging, dann startete er durch gen Himmel. Er hatte sich nicht verabschiedet.

Als er sich wieder allein gegenübertreten konnte, war er in der weißen Stadt Sevilla.

An einem Winterabend.

Er saß eine Weile am Fuß eines Denkmals auf der Plaza. Über ihm dräute in Stein gehauen irgendein altes Gemetzel. Ein Trupp junger Leute aus Japan schlenderte lächelnd umher. Ein Straßensänger schluchzte eine Ballade von schwermütiger Zigeunerliebe. Maurice schnippte nicht im Rhythmus mit den Fingern, sondern um sich das Leben wieder schmackhaft zu machen.

Er lief über die Plaza, an einem, dann an noch einem Münztelefon vorbei. Wenn er jetzt anrief und ihre Stimme hörte, oder gar die seiner Tochter, hätte er keine andere Wahl, als zurückzukehren, und er konnte nicht zurück.

Er ging zu seiner Pension. Im Innenhof wisperten Farne. Zitternd lag er in einem Zimmer, das vom Patio abging. Es war kalt wie auf dem Mond. So kalt, dass er sein

Blut fließen spürte. Beim Hineingehen musste er wie ein Todgeweihter ausgesehen haben, denn die Wirtin klopfte ungebeten an die Tür und brachte ihm eine dicke Orange und vier Paracetamol. Sie sagte, sie hoffe, es gehe ihm bald besser. Es war die perfekteste Orange, die er je gesehen hatte. Sie glühte wie junge Liebe. Er hatte solche Schmerzen, dass er kaum trinken konnte.

Dies waren trübsinnige Abende in Spanien. Er leerte die Flasche vor sich. Lag unter den dünnen Decken eines knochenharten Einzelbetts. Auf dem Nachttisch ein Führer, und um sich abzulenken, blätterte er eine Weile darin, und in seinem umfassenden Kummer schlug er mit klammen Fingern die Seiten um und las, dass 1031 ein Mann namens Abu al-Qasim die Unabhängigkeit Sevillas vom Kalifat von Córdoba erklärt hatte und auf diese Weise zum König von Sevilla gekrönt und mit dem Titel Abbad der Erste versehen worden war.

Die Worte verfingen sich an Maurice' Lippen und bewegten sich dort, während er in dem eiskalten Zimmer lag –

der König von Sevilla, der König von Sevilla

– und noch als er das Buch weglegte und das Licht ausmachte, schwangen die Worte weiter –

der König von Sevilla, der König von Sevilla

– und verfielen in einen Rhythmus –

der König von Sevilla, der König von Sevilla

– einen Rhythmus, der irgendwie wohlig und beruhigend war. Vielleicht würde sich sein neuer Realitätssinn ja behaupten.

Würde er sich die Gefühlswiderhaken entfernen können? Die sich an den weichsten Stellen eingegraben hatten? Ein auf dem Rücken liegendes Waldtierchen, das seinen weißen Bauch entblößte – das war Maurice Hearne in dieser Winternacht. Muss dieses verfluchte Hirn abschalten –

der König von Sevilla, der König von Sevilla

– muss dieses verfluchte Hirn abschalten und vergessen, dass ich meine Familie verbrannt hab.

Alle Drogen sind sexualisiert. Kokain ist männlich. Heroin ist ein Mädchen. Sie hatten dem Mädchen beigelegen. Allein in der kalten Pension, dachte er jetzt still an Cynthia und an das, was sie zusammen erlebt hatten. Ließ die alten Zeiten Revue passieren. Als sie ganz zu Anfang – sogar noch vor Dilly – in der Wohnung in St. Luke's Cross gewohnt hatten, der Wohnung mit dem Ausblick auf Summerhill, auf die Kent Station und die Rangiergleise, über den Fluss und die Docks dahinter. Da saßen sie nächtens auf der Couch, rauchten Dope und manchmal auch ein bisschen Smack, während sie über den beleuchteten Kessel der Stadt hinaussahen und ihre Platten hörten. Die essigsaure Note, wenn das Heroin auf der Folie brannte, war der Geruch, der jeden Sex ausstach. Er spuckte den Stein einer grünen Olive gegen ihren nackten Oberschenkel. Sie ließ – schlaue Vorsorge – manches ungesagt, und es waren ihre Heimlichkeiten, die ihn zu ihrem Sklaven machten. Sie teilten eine telepathische Ader. Im Bett redeten sie über dunkle Dinge. Sie drohten einander Gewalt an und bissen sich. Den Großteil ihrer Tage und Nächte verbrachten sie zusammen. Während sie von ihrem Adlerhorst über St. Luke's hinausschauten, kroch der Winter in die Stadt und erstickte sie in Grau und Nebel, bis sie in einen tauben Schlaf fiel. Es war bewegend zuzusehen, wie im Abenddämmer ihre Lichter den Rauch über dem Fluss durchdrangen.

Es war zu kalt, um nur dazuliegen. Er stand auf und ging hinaus auf die nächtlichen Straßen. Unter einem Krummschwertmond lief er durch die gewundenen Gassen des alten Judenviertels und fand die eine Bar, die auch nachts immer offen hatte. Er setzte sich an den gekachelten Tresen und bestellte einen weißen Rum. Der Barkeeper bediente ihn, als hätte man ihn aus einem bösen Traum aufgescheucht. Eine geschwätzige Schar von Frühschichtlern wappnete sich für den bevorstehenden Tag – ein paar Cops, wie es aussah, und ein Kreis von korpulenten, kurzbeinigen Postboten, die Kaffee mit Kondensmilch und Brandy tranken. Maurice schlürfte mit gespitzten Lippen an seinem Rum und rülpste den sauren Geschmack von Verrat heraus. Aber er musste weiter Seite um Seite der Nacht füllen.

Auf die Theke war ein Münztelefon montiert. Er wusste die Nummer auswendig und wusste auch, dass sie um halb sechs morgens drangehen würde, weil sich seine Karima in den Hügeln über Málaga gern mal die Nacht um die Ohren schlug. Beim Klang seiner gequälten Stimme lachte sie sogleich laut auf.

Oh, Maurice, was du hast angestellt? Einen umgebracht?

Sie meinte, er müsse ihnen einen Brief schreiben. Ruf sie nicht an, schreib ihr. Er bestellte sich noch einen Rum. Sein Leben wurde jetzt anderswo organisiert. Gar nicht so weit entfernt.

Cynthia, schrieb er also, tut mir leid, dass es so weit gekommen ist. Ich habe nicht den Eindruck, dass ich dir oder Dilly derzeit guttäte. Ich bin nicht ganz in Ordnung. Ich würde nur die Atmosphäre im Haus vergiften. Aber es geht mir gut hier, und ich bin sicher. Ich melde mich bald. Hier ist nichts passiert. Nur haben mich all diese Sachen deprimiert. Ich muss eine Weile allein sein. Ich würde euch beide zu gerne küssen. Aber ich schäme mich so. Ich habe viel falsch gemacht.

•

Es war eine dieser alten andalusischen Bars, die schon jahrelang nicht mehr zugemacht hatten. Jetzt am frühen Morgen lief dort triste Musik. Der Barkeeper ließ schwer die Augen auf die Fußballseiten sinken. Er sah aus, als hätte er eine lange Schicht hinter sich. Ein Laster brummte über das Kopfsteinpflaster. Was kriegt ein vierjähriges Kind schon mit? Wie schnell würde sie ihn vergessen?

Karima meinte, er solle kommen, bei ihr wohnen und sich ausruhen und erholen. Die lächerlichen Fakten seines Lebens paradierten über den gekachelten Tresen vor ihm. Er entstammte einer jahrhundertealten Linie von Verrückten. Die samt und sonders zitternd der Nacht unter die Haut gekrochen waren. Schwankend in den Ecken nasser irischer Felder zu finden. Auf den Felsen und in den Höhlen am Meer herumkriechend. Auf Krankenhausfluren, in Bars, in den Tiefen der Wälder.

Allmählich, endlich, kam der Morgen.

•

Eine Woche verging. Er unternahm einen Spaziergang durch die Hügel über Málaga. Ein Jet von der Luftwaffenbasis riss mit Geheul den Himmel auf. Ein verlassenes Hotel war mit Ketten verschlossen, die Fenster blind. Ein Hundekadaver zu salzigen Knochen verrottet. Tief unten wallte und brach die blaue See. Im Laufen formten seine Lippen Worte – wieder sprach er zu Dilly und Cynthia, ziemlich verrückt und flehentlich.

Fazit des Ganzen: Ginge es euch nicht ohne mich genauso gut?

Unten an der Straße wartete Karima in ihrem winzigen

blauen Japaner. Immer fuhr sie verfluchte Nähmaschinen. Sie lächelte ihn an: ihr kaputter Mund, ihre schönen Augen. Fix mich zwischen die Zehen und sag mir, dass du mich liebst.

Stattdessen fuhren sie zu einer Bar in einem Bergdorf. Sie aßen Häppchen von einer *ración* Tortilla und tranken *cortados* und Jameson-Whiskey. Oben in der Ecke lief stumm der Fernseher. Der Barkeeper wechselte zu einer Sendung mit einer Wahrsagerin. Die Wahrsagerin starrte düster in die Kamera. Da wären wir wieder, dachte Maurice Hearne. Es war eine provinzielle Show, billig gemacht – eine, die wie die Schwester der Wahrsagerin aussah, lief mitten in der Prophezeiung mit Lidl-Tüten hinter ihr vorbei. Unter der Wahrsagerin erschien eine Telefonnummer für private Konsultationen. Maurice holte sich einen Stift von der Theke und notierte sie. Karima lachte. Der Barkeeper hatte den Ton laut gestellt.

Noch am selben Abend rief er bei der Wahrsagerin an. Er sagte, er verstehe die Sprache nicht, wurde jedoch beschieden, das sei kein Problem. Er gab seine Kreditkartendaten an. Wurde zu ihr durchgestellt. In langsamem, tastendem Englisch sagte sie, sie höre ihm die Sorgen an. Seine Stimme habe eine gelbe Färbung. Das bedeute Angst. Er sagte, ja, er sei wirklich schlecht drauf. Kein Wunder, sagte sie. Er erzählte ihr, er habe etwas Furchtbares getan, und das Schlimmste daran sei, dass es vielleicht das Richtige war. Er sagte, er fühle sich von einer ihm überlegenen Kraft in eine bestimmte Richtung gedrängt. Er sagte, das fühle sich aber nicht durchweg furchtbar an. Sie sagte, es könne von Gott kommen oder von seinem Feind, vielleicht sei es auch einfach ein *encantamiento* – sie wusste das Wort auf Englisch nicht, aber er konnte es erraten, ein Zauber. Sie sagte, es könne ein weißer oder ein schwarzer Zauber sein. Das werde man vielleicht nie herausfinden. Sie bat ihn, einen Moment lang zu schweigen und nur ins Telefon zu atmen, aber möglichst langsam. So horchte sie in ihn hinein. Einen Moment später sagte die Wahrsagerin –

Welches Wort fällt Ihnen jetzt als Erstes ein?

Ummera, sagte er.

Karima wohnte unter einem Fächer von Strandkiefern in den Bergen, die auf die Stadt und das Meer hinabschauten. Über ihnen in den Bäumen gab nächtens eine merkwürdige Eule artikulierte, kummervolle Töne von sich. Unten brannten kalt die Lichter der Stadt. Karima legte ihr dünnes Knochengerüst in die Wanne, und Maurice fixte sie zwischen die Zehen. Seine Handfläche lag auf ihrer schmalen braunen Wade, die zuckte, als sie abhob und flog, während sich ihre braunen Augen schlossen und ihr kaputter Mund entspannte.

Ich liebe dich, sagte er.

Ach, hör auf, sagte sie.

Er streichelte ihre Wade, und sie öffnete halbwegs ein Auge, brummelte irgendetwas ironisch Abschätziges und brachte beinahe die Kraft auf, seine Hand mit ihrem Lachen zu vertreiben. Sie konnten sich verständigen, ohne zu sprechen.

Aus was zum Teufel bin ich bloß gemacht, Karima?

Aus dem, deutete sie an, woraus wir alle gemacht sind, aus allen Wörtern, die wir des Nachts geflüstert haben, und allen gebrochenen Versprechen.

Wieder riss ein Kampfjet den Himmel auf.

Die Strandkiefern duckten sich, zitterten, schüttelten sich; die erzürnte Eule rief noch lauter.

Unten schwammen die Lichter der Stadt.

Noch eine Woche bis Weihnachten. Er half Karima, sich abzutrocknen, zusammen legten sie sich auf die Couch an dem Fenster, das auf die Stadt hinabsah, und nach einer Weile konnte sie wieder sprechen. Sie riet, Boote voller Dope zu vergessen. Mit Booten voller Dope werde bald kein Geld mehr zu verdienen sein.

Wenn ich meine Hand hier hinlege, sagte er, kriegst du so ein leichtes … ich würde es ein Zucken in den Augen nennen. Etwas irgendwie … Überraschtes?

Nichts Überraschtes, sagte sie, gar nicht. Ich werde da seit meinem neunten Lebensjahr angefasst.

Herrgott, Karima, zeig mir doch nicht von allem die verdammte Schattenseite, ja?

Nicht Schattenseite, sagte sie. So ist das Leben.

Sie zündete sich eine Zigarette an. Blies ihm den Rauch ins Gesicht. Sie stieß mit ihrem Glas gegen seines, und sie tranken einen weißen Schnaps.

An was musst du denken?, sagte er. Wenn ich dich hier anfasse.

An Bonbons, sagte sie.

Du weißt, wie du mich fertigmachen kannst, sagte er. Jedes Mal wieder. Erinnerst du dich, wie wir uns zum ersten Mal begegnet sind? Ich war so ein Kind.

Du bist immer noch ein Kind.

Kann ich dich lecken, Karima?

Ich werde aber nichts empfinden.

Das ist weder ein Ja noch ein Nein. Man nennt es auch: einem den Fehdehandschuh hinwerfen.

Was ist ein Fehdehandschuh?

Das, was du mir gerade hingeworfen hast.

Wir könnten für eine Weile nach Cádiz ziehen, sagte sie.

Warum Cádiz?

Wenn ich bleibe hier, werde ich erschossen oder Schlimmeres, sagte sie.

Und wieder ließ die merkwürdige Eule ihren verstörten Ruf ertönen.

Als er aufwachte, war es noch dunkel, und der Wind strich leise durch die Strandkiefern. Er hatte schlimme Kopfschmerzen. Mit einem halben Glas Bier spülte er ein paar Pillen runter. Er schaute nach Karima, die im Schlaf heftig mit der Übelkeit rang. Lautlos trat er zu ihr, beugte sich hinunter, drückte seine Lippen auf ihre Stirn und sagte auf Wiedersehen, und vielleicht werde er bald zurück sein.

Dann stahl er ihr Auto und fuhr acht Kilometer im Dunkeln den Berg hinunter in die Stadt, weil er sich mit den verfluchten Scheinwerfern nicht zurechtfand, und als die kühle Wintersonne über den Horizont kam, saß er in Malagueta am Strand und wusste, dass sein Zauber ein schwarzer war.

Pech, Pech.

Er flog zurück nach Cork. Mietete sich einen Wagen. Fuhr raus in Richtung Macroon. Es war der kürzeste Tag des letzten Jahres. Alles lechzte nach einem grandiosen Finale. Als er zum Wald von Ummera kam, zog die Nacht auf, und die Bäume drängten sich dicht an dicht gegen den Himmel wie ein dunkles Bauwerk.

Die Erde stand am Wendepunkt und drehte sich, um die lange, langsame Gleitbewegung in neues Licht, in eine neue Zeit zu beginnen, und er ertrug es verflucht noch mal nicht.

Er parkte den Wagen, stieg aus und spürte die fiese, feuchtkalte Luft. Lauschte den Geistern im Wald. Brachte sein Gesicht in Form für das irische Wetter. Das hier war nicht zu unterschätzen. Er kniff die Augen gegen den Wind zusammen. Straffte den Mund gegen den Regen. Nehmt diese Gesten und wiederholt sie, zehntausend Mal für ein Leben, multipliziert sie mit den Generationen, mit den Epochen und Zeitaltern und schaut, wie sich die Wirkung unter die Haut gräbt, in die Seele der Rasse eindringt, sichtbaren Widerwillen gegen die Welt erzeugt –

der König von Sevilla, der König von Sevilla

– er formte die Worte mit den Lippen, um zur Ruhe zu kommen, aber der Refrain verlor sich im peitschenden Wind, im Angriff des Regens.

Er lief ins dichte Dunkel des Waldes von Ummera, unter die alten Bäume, während sich die längste Nacht herabschwang wie ein großer dunkler Vogel ins Nest.

Er kam an einen Ort, der sich wie der Mittelpunkt eines Radialfeldes anfühlte, und er setzte sich auf die kalte, nasse Erde und bat seine Toten um Vergebung und um die Erlaubnis, sich zu ihnen gesellen zu dürfen.

•

Aber eine Kraft außerhalb seiner selbst stimmte ihn um. Von einer Sternenschleppe gezogen, fand er zurück zum Wagen und fuhr auf den schmalen Sträßchen gen Westen durch das schlafende County nach Beara.

Er trank Powers-Whiskey aus einem zwischen die Schenkel

geklemmten Fläschchen und verlangsamte vor den Kurven, die er blind kannte.

Als er sich wie vom Teufel herbeigezerrt durch das Städtchen Berehaven schleppte, war es nach fünf Uhr morgens.

Eine Weile saß er an den kalten Hafenlampen, machte den Whiskey alle, kurbelte den Sitz zurück und versuchte, die Sehnsucht wegzuschlafen, aber er konnte es nicht – er war schwach geworden.

Er fuhr in Richtung Ard na Croí. Parkte oberhalb auf der Straße. Ging über den Halbmond der terrassierten Fläche und sah der alten Erhebung beim Atmen zu.

Ohne das leiseste Schlüsselgeräusch verschaffte er sich Einlass. Stieg die Treppe hinauf. Lauschte. Auf dem oberen Treppenabsatz verlangsamte er seinen Atem, bis die Luft um ihn her ganz still wurde. Seine Augen gewöhnten sich an das Duster. Er verriet sich durch kein Geräusch.

Er schaute bei Cynthia hinein und sah, dass sie nicht allein war – die lange, nadeldünne Gestalt Charlie Redmonds lag neben ihr.

Geht das jetzt wieder los, sagte er, aber leise, und sie wachten nicht auf.

Er fand Dilly schlafend als heißes Bündel. Er beugte sich hinunter und flüsterte mit ihr. Sie wand sich und redete im Traum. Er hob sie aus dem Bett, trug die Schlafende die Treppe hinunter und aus dem Haus – sie verschwanden so leise, wie er gekommen war, und im Aufwachen kuschelte sie sich gegen die Kälte an seine Schulter.

Dilly, sagte er.

Er fuhr mit dem Kind durch die schlafende Stadt. Die Bewegung des Wagens machte, dass ihr die Augen wieder zufielen. Er fuhr nach Cametringane hinaus und hielt an der Bootsrampe. Sie wälzte sich aus dem Schlaf, zitterte und sagte: Daddy? Wo sind wir, Dad? Wohin fahren wir?

Nach Hause, Dill.

Die Nacht machte sich davon in die letzten Kerben ihres Rückgrats – die Echsennacht –, und wenn ich jetzt den Wagen starte und ihn einfach losrollen lasse, ist das alles schnell vorbei.

Sollen wir, Dill?

Was, Dad?

Er saß an der Bootsrampe im Wagen und spürte, wie die Handbremse griff, und er drehte den Schlüssel und blockierte alle Türen.

Du weißt doch, dass ich dich liebe, Dilly?

Können wir jetzt nach Hause?, sagte sie. Mir ist kalt.

Und als sie zu weinen anfing, schoss er nach oben aus sich heraus – eine Katapultbewegung, jäh und gewalttätig, wie von einer Winde gezogen –, und er sah sich dort geparkt, mitsamt dem Kind, an der Schwelle zu ihrem Ende, unweit des Städtchens Berehaven, an einem Morgen im tiefsten Winter, und er sah den Zauber als schwarze Aura um sich herum.

Aber er atmete tief, und dann noch einmal, und er spürte, wie Leben ihn durchströmte –

Ließ es hinaus und wieder herein.

Sie langte nach seiner Hand, und ihr Griff war schweißfeucht. Er leckte ihr die Tränen aus dem Gesicht wie ein Hund. Jetzt strömte ein neues Licht durchs Gehäuse des Wagens –

Hinter dem langen Schatten von Bere Island trat endlich der schmale Rand der Sonne über den Horizont, ihr schwaches Licht erleuchtete Dillys Gesicht und wurde mit dieser seltsamen Altfrauenstimme begrüßt –

Oh, hi, hallo, wie geht's, sagte Dilly.

SIEBTES KAPITEL

Ihre Leiden

Im Hafen von Algeciras, Oktober 2018

Maurice Hearne sitzt allein in der Cafeteria des Fährterminals. Er schwenkt die Reste eines dritten Brandys im Glas. Man schlägt sich durch, so gut es geht. Die Effekte des Alkohols sind vertraut: die leichte Wärme, das leise Hochgefühl, und jetzt der sanfte Abstieg in die Zerknirschung. Eine melancholische Stunde schlägt. Wie es einem Gent mit schillernder Geschichte widerfahren mag. Aber wenn er schon sonst nichts besitzt, hat er doch seine Reue, und die ist nicht ganz wertlos für das Selbstporträt als Märtyrer, das sich vor seinem geistigen Auge präsentiert. Ich bin einundfünzig Jahre alt, denkt er, und halte immer noch einigermaßen große Stücke auf mich. Alles in allem müsste man das als verfluchten Triumph betrachten.

Neugierig schwenkt er auf dem Barhocker herum. Lässt das gute Auge schweifen – checkt den Laden aus. Spanien mal wieder – sein altes, schäbiges Charisma. Du wachst auf, und wieder bist du in Spanien. Eine weitere Lücke zwischen den Booten. Der Verkehr auf der Seite von Tanger könnte erneut gestört sein. Charlie Redmond hat sein verrücktes halbes Stündchen und klappert den Kreuzweg durchs Terminal ab – männliche Energie im Überschuss. Irgendwie spürt Maurice, dass Dilly in der Nähe ist; er hat es im Blut; etwas rührt sich da drin.

Und jetzt überkommt ihn auf der hohen Warte seiner Jahre ein schrecklicher Schwindel; einen Moment lang erfüllt

Cynthia ihn ganz und gar. Dies ist kein seltenes Ereignis. Niemals wird ihm die Liebe abhandenkommen, die sie füreinander empfunden haben, oder der Brechreiz ihrer Abwesenheit.

Die Antwort auf die Liebe ist nicht der Hass; die Antwort ist der Tod.

Tag und Nacht sich selbst ein Vergnügen – und wie er nervlich gestrickt ist, will er das auch so –, nähert sich Charlie Redmond entspannt hinkend dem mit INFORMACIÓN gekennzeichneten Schalter. Er neigt sich über den gewölbten Sims. Mit dem sicheren Gespür eines Komikers wartet er auf seinen Einsatz. Als es so weit ist, wendet er sich höflich an den *informaciónista* – es ist wieder der Typ mit der Leichenbittermiene.

Wie geht's so da drin?, sagt Charlie.

Er bekommt keine Antwort.

Sie sind mir ja n Feiner. Hübsches Gesicht und n Knaller im Job. Jedenfalls. Da wir grade so plaudern. Ich bräuchte mal drei … *informaciónes. Numero uno.* Sieht dieser Mann hier, Charlie Redmond aus Farranree, Stadtteil von Cork im freien Staat Irland – sieht der irgendwie traurig aus?

Er hält mit großem Interesse inne, schiebt den Kopf vor, als lausche er der Antwort des *informaciónista*, die nicht kommt.

Das verstehe ich, junger Mann, sagt er.

Er wendet sich dem Terminal im Allgemeinen zu und spricht mit weit ausgestreckten Armen und erhobenen Handflächen.

Er findet, ja. Meine Seele ist im Arsch. In den Augen dieses Burschen da? Ist Charles Redmond? Ein sentimentaler alter Hund. Und nimmt das wunder? Nach allem, was diese bedauernswerten Augen gesehen haben? Der Abend, als ich in Dillons Cove einem die Kehle aufgeschlitzt hab? Der Kerl wollte grade n Hühnchengericht verputzen. Überall kleckerte Erbsenmus von der Wand. Aber das liegt in dunstiger Ferne. Im Moment hab ich ganz andere Sorgen. Natürlich ist was mit meinem Arsch nicht in Ordnung seit Málaga. Seit der Nacht der jüngsten Unannehmlichkeiten in Málaga. Wie mich der Tintenfisch vom Teller aus angestarrt hat? Und der Tintenfisch war längst nicht das Schlimmste an Málaga. Bei Weitem nicht. Wir brauchten nen Stier. Und den bekamen wir verdammt noch mal auch. Jedenfalls. Da wir grade so plaudern.

Er wendet sich wieder dem Schalter zu, neigt sich darüber, präsentiert das Mördergrinsen. Er hat seine Lautstärke nicht unter Kontrolle –

Información! Numero dos! Dieser Mann hier, Charlie Redmond aus Farranree, Stadtteil von Cork, würden Sie meinen, der sieht bösartig aus?

Er hört genau hin, mit freundlich und offen zum Schalter geneigtem Gesicht, als gäbe der *informaciónista* erneut eine detaillierte Antwort, was er nicht tut. Schließlich schüttelt Charlie den Kopf und wendet sich wieder an das Terminal.

Durch und durch n Barbar, sagt er. In den Augen dieses Mannes. Und kein Wunder, bei dem, was ich so alles gemacht hab. Oh, wilde Sachen, wilde Sachen. Das kann ich euch flüstern. Ihr würdet Charlie Redmond nicht sehen wollen, wenn er zu gewissen nächtlichen Stunden durch die Siedlung auf der Northside kommt, und auch nicht seine schwarzen Augen. Ich rede von den guten Zeiten damals. Ich meine, heute bin ich ja n Waschlappen. N richtiges Weichei, aber damals in den guten Zeiten? Charlie vor der Tür und der Hund an seiner Seite? Oha. Vor allem, wenn es um Geldschulden ging. Willst dich wohl mit dem verdammten Hund drüber unterhalten? Spitzt mal die Ohren.

Ich meine, Hunde? Ich hatte n paar ziemlich eindrucksvolle Köter zu meiner Zeit. Einer von denen, Shortie, klasse Jagdhund, der hat mir immer die Rizlas geleckt, wenn ich ne Tüte gebaut hab, und er roch nen Streifenwagen schon aus anderthalb Kilometern Entfernung. Pi mal Daumen. Hat dann immer so n spezielles Gejaule angestimmt.

Das Fährterminal von Algeciras lässt sich durch das Spektakel von Charlies Rede nicht im Geringsten aus der Fassung bringen – so was tangiert uns nicht mal am Rande.

Also, Sie sehen hier nen Mann vor sich, der seine verheißungsvollsten Beziehungen im Leben auf die eine oder andere Weise mit Hunden erlebt hat. Oft genug jedenfalls.

Er wendet sich wieder dem Schalter zu.

Und schlussendlich, sagt er. *Numero tres.* Auf die haben wir alle gewartet. Drei F, mehr kriegen Sie nicht, darüber werd ich auch nicht diskutieren. Gegen die Mühlen des Lebens kommst du nicht an. Also, schlussendlich … Sieht dieser Mann hier, Charlie Redmond aus Farranree, Stadt Cork, Irland, im Augenschein dessen, was Sie jetzt vor sich sehen, genau hier vor sich, vor Ihren geschäftigen kleinen Wichseraugen, sieht dieser arme Charlie aus wie ein Mann, der in seinem Leben die Liebe kennengelernt hat?

Aufmerksam lauscht er der ausbleibenden Antwort.

Okay, sagt er, kommt zurück und nimmt wieder auf der Bank Platz.

Ich bin durchschaut, sagt er. Sie sehen alles überscharf. Die Wurzeln von Charlies Leiden … Ich hab die Liebe zwar kennengelernt, sie aber am Ende verloren.

Eine kleine Energiewelle wogt ereignisschwanger durchs Gebäude – es fühlt sich so an, als ginge bald ein Boot rein oder raus. Maurice Hearne schleppt sein Unbehagen von der Bar hinunter in den Wartebereich. Es kommen Zeiten, da musst du mit deinen Geistern leben. Du hältst das Gespräch am Laufen. Sonst öffnet sich das breite Feld der Zukunft nur auf riesige Leere hin.

Denk verflucht noch mal an die guten Zeiten, Moss, schärft er sich ein.

Die ersten sechs Monate mit Cynthia auf Heroin waren die schönsten. Liebe und Opiate – in der menschlichen Sphäre ist das unübertrefflich. Wie junge Gottheiten schritten sie hinaus. Eines Abends folgten sie von St. Luke's aus der Wellington Road bergab. Eines gewissen Freitagabends im Regen. Das war der schönste Abend überhaupt.

Es war irgendwie wild, Cynthia, oder? Eigentlich war alles n bisschen zu verflucht wild.

Er tritt zu der Bank gleich westlich des mit INFORMACIÓN gekennzeichneten Schalters und gesellt sich zu Charlie Redmond. Seinem ältesten Freund, seinem alten Rivalen.

Was haben sie da jetzt noch gleich neuerdings, Maurice? Sag das Wort?

Das Wort für was, Charlie?

Diese Hydro-Dinger, Moss?

Kulturen, Charlie. Du meinst Hydrokulturen?

Hydro-Wichs ist das, Maurice. Weißt du, was es bedeutet? Es bedeutet das Ende für Leute wie dich und mich.

Ach, hör auf, wir sind hier doch sowieso nur noch der Rentnerzirkus. Die kleinen Ärsche, die das Zeug im Schlafzimmer anbauen? Unter Lampen? Dope, wie es heute im Westen von Irland gezüchtet wird, würdest du im ganzen Rifgebirge nicht kriegen.

Oder sie kaufen es im verdammten Internet.

Sehr traurig zu beobachten, Charlie.

Das ist nicht gerecht, Maurice.

Es ist das Ende einer ganzen Lebensweise.

Leute wie du und ich werden hier nicht mehr gebraucht, Moss.

Sie wenden sich einander zu und sehen sich freundlich an – die Luft ist schwer, erinnerungsbeladen.

Wir haben ne Menge zusammen erlebt, mein Alter.

Wüsste gar nicht, womit wir anfangen sollten, Charlie.

Mit Abenden in Berehaven, wo wir uns auf der Straße geprügelt haben?

Mit Abenden auf hoher See?

Mit der Nacht im Judas Iscariot?

Ach, nicht wieder dieses Thema, Charlie ... Bitte.

Wir hatten aber auch unsere guten Zeiten, Moss.

Ja, hatten wir.

Zeiten, wo uns das Glück hold war. Kein Hosenzwirn hätte zwischen uns gepasst, und plötzlich waren wir in Casablanca. Oder in Puerto Banús. Fraßen uns in Marbella Fett an. Das war mal ne Zeit, wo die Geschäfte blühten.

Weißt du auch, warum, Charlie? Weil die Iren sich fürs Saufen kreuzigen lassen, und noch eher fürs Dope, wenn sie erst mal auf den Geschmack gekommen sind, weil es nämlich die Angst reduziert, und wir sind n sehr ängstliches Volk.

Warum auch nicht, Moss? Ich meine, Herr Jesus Christus im Garten Eden, nach allem, was wir durchgemacht haben? Uns endlose Monate und Jahre über diesen nassen, gepeinigten Felsen am Rand des schwarzen Atlantiks geschleppt, die langen Hackfressen gieren nach Licht, die Kiefer stehen sperrangelweit offen, und die kleinen blassgelben Ärsche hängen uns hinten aus der Hose raus?

Dope ist das Einzige, was uns da durchbringt, Charles.

Eine Fähre aus Tanger trifft ein. Die müde Menge der Passagiere schleppt sich durchs Terminal. Als müssten sie Buße tun. Die kurze Überfahrt nach Algeciras kann seltsame Saiten anklingen lassen – oft hat sie einem Ärger eingebracht, und diese alten Reisen wirken nach.

Die Männer sehen zu, wie sich eine neue Menge zu versammeln beginnt – vielleicht legt die Fähre später wieder ab.

Dilly Hearne betritt das Terminal und steht nun in der Menge.

Sie trägt das Haar kurz, blondiert und an den Seiten hoch ausrasiert. Dazu eine Vintage-Polaroid-Sonnenbrille, eine um die Taille gegürtete Männer-Nadelstreifenhose und einen weißen Veja-Reißverschlusshoodie. Hinter sich her zieht sie einen Trolley. Eine Aura der Gelassenheit umgibt sie – schon mit dreiundzwanzig ist sie königlich.

Sie sieht die beiden Männer auf der Bank beim Schalter INFORMACIÓN sitzen, sieht sie die Menge mit Blicken scannen, und sofort wendet sie sich ab und kratzt die Kurve.

Sie geht hinauf in die Bar. Von dort schaut sie hinunter und erlaubt ihrem Atem, sich zu beruhigen, oder versucht es zumindest. Ihr Herz windet sich und springt in seinem Käfig. Ihr Blut rauscht. Über die Sonnenbrille hinweg hält sie Ausschau.

Ja, es ist wirklich Maurice, der sein gutes Auge über den Boden schweifen lässt, und ja, es ist Charlie, der sich jetzt zum Steinerweichen schwerfällig aufrappelt und langsam, das alte Bein nachschleifend, zum Schalter hinkt.

Okay, sagt Dilly, und sie wendet sich zur Bar und bestellt einen Brandy.

ACHTES KAPITEL

Der durchgehend geöffnete Judas-Iscariot-Trinkclub

In der Stadt Cork, Januar 2000

Es war kurz nach vier Uhr früh in einer Januarnacht. Es war im langen, kalten Winterschlaf. Die Schemen der Stadt über dem dunklen Fluss wurden vom mondlosen Himmel verschluckt. An den Kais der Southside trippelten nur noch die ortsansässigen Geister vor den Eingängen auf und ab oder trieben sich mit ihren Geschichten von alter Liebe an den Stufen der Uferbefestigung herum. Die schwarze Wasseroberfläche schaukelte die Lichter der Stadt. Manchmal fiel es schwer, nicht zu glauben, wir selbst wären nur Spiegelungen und das wahre Leben fände dort unten im dunklen Wasser statt.

Im Judas Iscariot, einer Flüsterkneipe ein Stück hinter den Kais, verschaffte einem ein geheimes Klopfzeichen Zutritt, das man mit ein paar schnellen harten Schlägen ausführte, in diesem Rhythmus, etwa so –

Der Käptn des Dampfers stand hinter dem Tresen. Er behielt den Laden mit einem besinnlichen Lächeln im Auge. Das war Nelson Lavin, der mit dem Goldzahn und den gehauchten Vokalen. Da unter den Flaschendispensern ließ er den trägen Blick wohlwollend über die Runde schweifen –

Das Judas zog eine üble, aber nicht unglamouröse Kundschaft an. Nachtschwärmer. Aasgeier. Nachwuchsgangster. Sie saßen geordnet an flachen Tischen im funzligen Licht. Das ließ an ihren Halsketten eine talmihafte Bedrohlichkeit aufblitzen. Im Verlauf einer langen Nacht drückten sich ein paar Dutzend verhärtete Seelen in vager Bruderschaft um die Lichtringe der Lampen herum.

Die Tendenz im Iscariot ging zum stetigen, aber gesitteten Trinken. Auf so viel Anstand beharrte Nelson Lavin. Er lockerte den Messingring an seinem kleinen Finger, drehte ihn langsam hin und her und rieb ihm, damit der Abend weiter so entspannt blieb, mit heiligen Fingern einen Zauber ein. Aber sein Zahnfleisch war geschwollen, gewöhnlich ein Zeichen, dass Ärger drohte.

Bedächtig sah er sich im Raum um, vermerkte Namen und jeweiligen Zustand der Stammkundschaft. Mit seinem Tuch brachte er die gesamte Länge des Tresens zum Glänzen. Er beugte sich über den schläfrigen Vincent Keogh, den Einbrecher, der auf seinem Hocker in der Ecke ein wenig schwankte.

Und, wie läuft's bei dir, Vincent? So im Großen und Ganzen?

Schief und unerfreulich, Nelson.

Drück mal für mich die Schultern durch, Vince, und schau nach vorn.

Lächelnd blickte er wieder über die Bar –

Mit den Fressen hier stimmte was nicht. Das glaubte Nelson. Ein Schockvoll Raubvogelgesichter mit fiesem Kinn und Knollennase.

Steve Bromell, der Koksdealer, starrte ängstlich an die Blechdecke, als drohe sie gleich einzubrechen, aber Stevie stand noch in seinen besten Momenten die Furcht ins

Gesicht geschrieben, und oft mit gutem Grund. Die Paranoia wäre ihm glatt abgegangen, hätte sie jemals nachgelassen.

Zwei lesbische Turteltäubchen; ein Lude; ein Prinz unter den Rausschmeißern.

Diskrete Leute.

Von seinen Dämonen abgesehen, saß Charlie Redmond allein an einem belebten Tisch und trank.

Irgendwas war zu lesen im glasigen Redmond-Auge, glaubte Nelson, in dessen träger, trüber Starre und darin, wie Charlie sorgsam und bedächtig die Bierdeckel zerriss.

Harte Gesichter; ausgebrannte Augen; Absackerstunden.

Der Wodka, der sich in Charlie Redmonds langen Fingern drehte, fing unheilvoll das gedimmte bernsteinfarbene Licht des Iscariot ein.

Nelson tauchte unter der Tresenklappe hindurch und querte mit einer Halbliterflasche Grey Goose den Raum – legte die Hand auf Charlies Handrücken, um das Glas zu stabilisieren, und schenkte es voll.

Weißt du, dass die Leute sagen, Wodka wär bloß für die ganz Harten?

Ich, sagte Charlie Redmond, bin quasi am Straßenrand aufgewachsen.

Der Funke Humor war beruhigend, und doch fühlte sich Nelsons Zahnfleisch weiter geschwollen an.

Jimmy Earls, ein Bordellbaron, saß schwer über einer Halben Beamish Stout, die er schlückchenweise trank und dann mit einem Tautropfen Powers-Whiskey hinunterspülte. Dazu bewegte er anmutig die Lippen, sagte flüsternd die Litanei seiner Kümmernisse auf. Rita Kane, die Intrigenkönigin, dramatisierte nur für die Ohren ihrer Freundin

Sylvia die Details der bitteren Trennung von Edmond Leary, einem hundsgewöhnlichen Dieb, und Sylvias Linke fuhr an ihren Hals und umschloss ihn sanft, ein Ausdruck essenzieller Cork'scher Bestürzung. Alvin Hay, der einstige Boxer, weinte in einer Ecke tränenlos vor sich hin, damit sich der Klumpen in seinem Hals löste – dies war die Zeit, in der seine Frau im Sterben lag.

Draußen klopfte es mehrmals in der exakten Reihenfolge – der Junge machte die Tür auf, und im Raum drehten sich die Köpfe, um Maurice Hearnes Auftritt zu akzentuieren.

Eine zur Nacht passende düstere Miene, als er eintrat, aber dann blickte er milder drein und ging lächelnd durch den Raum zu Charlie Redmond. Charlie erhob sich, um ihn zu begrüßen, und die beiden umarmten sich.

Ärger draußen im Westen, Ärger in Berehaven, hatten die Winde Nelson Lavin zugetragen. Ärger mit der Liebe – der schlimmste Stress. Gewissenhaft widmete er sich mit seinem Tuch der Maserung des Tresens.

Der Raum hielt den Atem an. Rechnete mit jäher Gewalt. Maurice setzte sich auf den Stuhl gegenüber von Charlie. Streckte die Beine aus. Charlie stützte sein langes, hageres Gesicht auf die unterm Kinn verschränkten Hände. Als er zu sprechen begann, trat ein Ausdruck hungrigen Flehens in seine Augen.

Nelson prüfte die Ressourcen im Raum für den Fall, dass es Unannehmlichkeiten gab. Jimmy Earls war zwar gebaut wie eine viktorianische Brücke, aber seit jener Nacht, als in Cobh ein Messer gezückt und eine Niere vernarbt worden war, kein Mann mit soliden Überzeugungen mehr. Alvin mochte sich als nützlich erweisen, falls er in Stimmung kam. Sein Junge an der Tür war aus extrem hartem Holz geschnitzt und konnte auch eine Hilfe sein. Noch wusste niemand, wie die Nacht enden würde. Diskret tastete

Nelson unter dem Tresen nach der Rückversicherung seines Weißdorn-Schlagstocks.

Draußen erhob sich der Wind – und er nutzte jede verdammte Bühne.

Der Wind blies die Lichter der Stadt umher.

Langsam, wie betäubt, schwankten sie auf der schwarzen Haut des Flusses.

Im Judas Iscariot saßen beratschlagend die zwei alten Freunde. Hier dräute Ärger mit einem besonderen Timbre – das erkannte Nelson Lavin, ohne groß hinzuschauen.

Jimmy Earls manövrierte seinen massiven Rumpf auf Zehenspitzen barwärts und lud Nelson mit einem Flattern seiner Lider zum Stelldichein.

Hast du da n Auge drauf?

Ja klar, zum Teufel.

Denen steigt schon der Rauch aus den Ohren, Nelson.

Hat's Probleme gegeben?

In Berehaven. So wird's vermeldet.

Wegen der Braut?

Schöne Frau. Alles, was recht ist. Und ne wilde dazu.

Dies waren Leute mit einem gewissen Ruf. In einer schwierigen Phase. Und in einem Moment gefährlichen Glanzes. Echsenhaft, reptilienhaft waren sie. Trugen famose Stecherschuhe. Zusammen mit Jimmy Earls hatte Nelson ein wachsames Auge auf den Konflikt. Der fand lächelnd statt, und leise. Dies waren entschlossene Leute. Warum trafen sie sich gerade hier, gerade jetzt? Vielleicht waren Zeugen gefragt und hinterher ein paar Mythen.

Charlie Redmond beugte sich vertraulich über den Tisch. Er sprach voller Ernst, und Maurice Hearne beugte sich seinerseits vor und hörte zu. Jetzt griff er nach Charlies Wodka und trank ein Schlückchen davon.

Unauffällig, in einer Mischung aus Furcht und Erwartung, beobachteten Nelson Lavin und Jimmy Earls das Schauspiel von den Rängen aus.

Wie kommen die zwei so allgemein klar, was meinst du?

Nicht allzu gut, sagte Nelson. Letztes Jahr haben sie da unten n Boot verloren.

Ärger an der Heimatfront ist das Letzte, was sie brauchen.

Die beiden kannten sich ewig und drei Tage, wusste Nelson. Die Barrack Street in den Achtzigern. Ein Pub namens Three Ones. Wo man hinten hätte Augen haben müssen. Charlie und Moss, fast immer unrasiert, in der Ecke. Ihr Dope im Leichenhaus auf der anderen Straßenseite hinter dem Kreuz an der Wand gebunkert. Paar jüngere Burschen schmuggelten es für sie. Er stellte Alvin Hay ein Drambuie hin und sagte: Freundchen, reiß dich zusammen. Ob lebendig oder tot, jeder Tag bringt so seine Anforderungen mit sich, da kommen wir nicht drum rum.

Gegen die Mühlen des Lebens kommst du nicht an, Alvie, sagte er.

Sollte er mal am Tisch vorbeischauen? Sich einen Eindruck verschaffen? Sie neigten sich dicht zueinander und tauschten sich lebhaft aus. Jimmy Earls, der Nelsons Beunruhigung roch, blieb am Tresen – irgendwie zwischen Baum und Borke. Außerdem war er von Natur aus scharf auf Klatsch und Tratsch. Er bekam eine weitere Halbe Beamish vorgesetzt – Jimmy Earls lebte in der festen Überzeugung, dass Pintgläser für Banausen waren. Während sich der Schaum im Starkbier setzte, nahm er sein Kanisterchen 3-in-one-Multifunktionsöl aus der Brusttasche und zählte fünf Tropfen davon ins Glas.

Entsetzliche Angewohnheit, sagte Nelson wie jeden Abend.

Ohne Schmierung wär mir längst die Lunge rausgefallen, sagte Jimmy Earls.

Jetzt schlüpfte Nelson mutig unter dem Tresen hindurch und kurvte in einem großen Bogen über den Kneipenboden. Nahm mal hier, mal dort ein Glas mit. Schlug einen präzisen Haken hinten um den Hearne-Redmond-Tisch herum – jeder Einmarsch in Russland war Pipifax im Vergleich dazu, wie sich Nelson Lavin an manchen Abenden durch seine eigene verdammte Bar kämpfen musste. Kurz lauschte er ihrem ernsten, leisen Gespräch.

Ist die Leber mit Fritten gut gegen Kater, Maurice?, sagte Charlie Redmond.

Nicht wenn du damit im Uptown Grill in der Fritteuse steckst, Charlie.

Der Uptown Grill, sagte Charlie. N Spitzenlokal.

Heiliger Jesus, dachte Nelson – wie sie aneinander hängen. Während er zur anderen Tischseite schlich, fing er Maurice' Blick auf und deutete mit den Lippen dezent die Frage an, ob noch ein Drink gewünscht wurde.

Für mich erst mal nicht, Nelson. Die Nacht ist ja noch blutjung.

Die Männer unterhielten sich weiter; Nelson kehrte zum Tresen zurück und legte das Tänzchen hin, das ihn wieder glücklich unter der Klappe hindurchbeförderte.

Und?, sagte Jimmy Earls.

Sie reden von der Leber mit Fritten oben im Uptown Grill.

Gibt nichts Feineres in der Stadt, sagte Jimmy Earls und nippte grimassierend an seinem Bier.

Ich denk, sie tasten sich immer noch aneinander ran.

Draußen schlichen die letzten paar Taxen so stoisch dahin wie Kühe. Die Fahrer wirkten einsam im hübschen warmen Gelb ihrer Kabinen. Die Streifen fuhren in langsamen Kehren durch die Stadt, desinteressiert. Die Bullen wussten gut Bescheid über das Judas Iscariot und begrüßten im Stillen seine Existenz – es war ein Kontrollinstrument.

Nelson folgte mit dem Tuch den Knoten und Maserungen im Holz des Tresens.

Er beäugte den besagten Tisch und fragte sich, wann er das nächste Mal dort vorbeigehen konnte. Vielleicht Jimmy Earls hinschicken?

Jimmy Earls war willig wie ein Hündchen, das nach dem Stöckchen springt, und machte sich auf in Richtung Toiletten. Unbemerkt ging er an dem Tisch vorbei – trotz seiner hundertzweiundvierzig Kilo konnte er sich in einem Raum dieser Größe, ja in noch kleineren, in Luft auflösen.

Im Vorbeigehen hörte er –

Wie isses passiert, Charlie? Hast du ihr irgendwas erzählt?

Der Augenblick kam näher. Ich könnte eigentlich gleich mit dem Schniedel in der Hand hier auf dem Lokus stehen bleiben. So wie sich die Sache da draußen zu entwickeln scheint. Seufzend stand er an der Pissrinne und zählte die gegen die Kacheln spritzenden Tropfen. Mit dem Pimmel in der Hand, dachte er – in der Hälfte aller Fälle sind es die Pimmel, die an diesem Ort für Chaos sorgen.

Nelson hinter dem Tresen griff nach dem Weißdorn-Schlagstock und wog ihn in der Hand. Erst vor allzu kurzer Zeit war hier im Laden Blut vergossen worden, was eine Unterredung mit dem Polizeichef der Wache in Bridewell und eine einmonatige Schließung nach sich gezogen hatte – einen geschlagenen Monat lang hatte Nelson Lavin mutterseelenallein zu Hause gehockt und sich um fünf Uhr morgens *Judge Judy* angesehen. Jimmy Earls tauchte wieder auf, in dieser umwerfend lautlosen Art. Seine heisere, sanfte Zuhälterstimme drang über den Tresen –

Sie kommen zur Sache, sagte er. Wird aber auch Zeit.

In Jimmys erhitztes Gesicht stand Jetzt geht's los geschrieben. Irgendwie hatte sich die Luft verändert. Wissen wehte durch den Raum. Es roch stark nach versengtem Haar. Vinnie Keogh linste unbehaglich über seine Schulter. Sylvia tippte Rita auf den Handrücken – schau da jetzt nicht hin.

Doch irgendwie waren aller Augen genau in dem Moment auf den Tisch gerichtet, als Maurice Hearne das Wodkaglas erhob und Charlie Redmond lächelnd den Inhalt ins Gesicht kippte. Charlie zeigte keine Reaktion. Vollkommen reglos saß er da und wischte sich nicht mal den Wodka aus dem teilnahmslosen Gesicht. Ließ ihn einfach die Wangen herunterrinnen und auf den Tisch tropfen.

Jetzt redete Maurice schnell und dringlich auf seinen alten Freund ein, weder lächelnd noch ernst, und auch Charlies Miene blieb unbewegt. Jimmy Earls griff nach seinem Mantel, der am Haken unter dem Rand des Tresens hing, hängte ihn aber genauso schnell wieder auf – diese Nacht konnte noch legendär werden.

Nelson bearbeitete die Maserung des Tresens mit dem Bartuch. Das Zahnfleisch in seinem Mund pochte. Über das hin und her wischende Tuch hinweg sah er zu, wie Maurice weiter Worte über den Tisch warf und Charlie Redmond in keiner Weise darauf reagierte. Flogen ihm da nur Vorwürfe zu, oder war dies eher so was wie ein anhaltender Ausbruch lang gehegten Grolls? Sobald eine Frau im Mittelpunkt stand, war unmöglich vorherzusagen, wie die Dinge sich entwickeln würden. Er glaubte, dass beide Männer in der Vergangenheit getötet hatten. Jimmy Earls stieß genussvoll den Atem aus, kostete den in der Luft liegenden Ärger aus, schon bevor er richtig ausbrach – ich war in der besagten Nacht dabei.

Wie geht die Sache wohl aus, Nelson?

Das weiß Gott allein.

Sollte man nicht mal was sagen?

Willst du den Helden spielen, Jimmy?

Vielleicht könntest du ihnen nen Drink rüberbringen. Mit deinem Lämmergesicht. Das Ganze n bisschen runterköcheln.

Vielleicht.

Die Geste würde vermitteln, dass ja noch kein Schaden entstanden war. Wir könnten uns sogar noch behutsam annähern. Er holte die Flasche Grey Goose aus dem Regal, nahm zwei frische Gläser, duckte und wand sich unter der Klappe hindurch. Griff dann nach hinten, um sich das Tuch über den Unterarm zu drapieren. Alles, um die verdammte Ordnung aufrechtzuerhalten. Er trug sein Heiligengesicht zu ihrem Tisch – Maurice lehnte sich mit geweiteten Augen zurück; Charlie entrang sich ein halbwegs nettes Lächeln. Nelson wischte ordentlich, aber kommentarlos die paar Spritzer Wodka vom Tisch, platzierte die beiden Gläser, füllte sie halb auf und kehrte zurück zur Bar.

Dahinter angekommen, stellte er im Umdrehen fest, dass die Männer ihm mit erhobenen Gläsern zuprosteten. Inzwischen stand der Raum ganz wunderbar im Bann all dessen. Maurice Hearne und Charlie Richmond beugten sich wieder über ihr Gespräch. Jimmy Earls blinzelte schnell, um sich eine bewundernde Anmerkung zu Nelsons Selbstvertrauen zu verkneifen.

Draußen ertönte eine gespenstische Nachtmusik. Der Wind strich über den Fluss, die Kabel schwankten, und die Lichter der Stadt brachen sich auf dem Wasser und vermischten ihre Farben, um sich jäh wieder neu zu formieren, sobald der Wind nachließ.

Es war kurz nach dem fünften Glockenschlag.

Jetzt redete nur noch Charlie Redmond. Schmerzhaftes Zeug, wie Nelson es deutete, und Jimmy Earls stimmte ihm zu – so wie Charlies Lippen sich bewegten, und dann seine düsteren grauen Augen.

Die schütten einander das Herz aus, sagte Jimmy.

Wohl wahr.

Weißt du, was über die Braut erzählt wird?

Was denn, Jimmy?

Sie schmeißt den Laden. Macht die Ansagen. Führt die Zügel.

Das wird doch über jede erzählt.

Vielleicht liegt's an ihrem Auftreten. Sie gehört zu der Sorte, die dir Benimm beibringt.

Am Tisch erhoben die Männer die Stimme. Wie auf Kommando fuhr der Raum herum. Sie brüllten zwar nicht, aber die Erregung war offenkundig, und auch Leidenschaft. Nelson Lavin nahm den Weißdorn in die Hand. Mit steinerner Miene, wie ein Schiedsrichter, beobachtete er die Situation. Leiser werdend, beugten Maurice und Charlie sich vor. Man wandte die Blicke von ihnen ab. Auch Jimmy Earls beugte sich vor –

Ob ich noch mal vorbeigeh?

Mach, Jimmy. Fühl ihnen auf den Zahn.

Lautlos glitt der fette Zuhälter über den Boden. Jimmy Earls, der Bordelldämon. In seinem massigen Körper steckte ein prima Typ. Ins Porzellan zielen, dann an dem schwierigen Tisch vorbei. In der Speckfalte in Maurice Hearnes Nacken saß eine große Verspannung, während aus Charlie Redmonds Augen nun eine gewisse, nach Jimmys Ansicht wenig hilfreiche Freude strahlte. Als er, wieder unbemerkt, an ihrem Tisch vorbeiging, vernahm er aus dem Redmond'schen Mund diese Worte –

Weil Karima eine hinterhältige Fotze ist.

Durchs Niemandsland schaffte es Jimmy Earls erneut auf die Toiletten. Wieder stand er mit dem Schniedel in der Hand. Er sah zu dem schmalen Fenster unter der Decke hinauf – keine Chance, sich da durchzuschieben. Was, wenn gleich eine Waffe gezogen wurde? Schon jetzt, obwohl noch mitten im Geschehen, entwarf Jimmy im Hinterkopf den Mythos – überlegte, wie er hiervon berichten würde.

Als er erneut bei ihnen vorbeiging, sah er, dass Maurice Charlies Hand auf dem Tisch festhielt und intensiv, dringend auf ihn einredete.

Nelson hatte eine Hand unter der Theke – wir alle wussten, was das bedeutete.

Und?

Wer zum Teufel ist Karima, lebt die hier?

Wer?

Na, irgend so ne Karima halt?

Klingt fremdländisch.

Ist ne Fotze, wie's scheint.

Das wird ja immer heißer, Jimmy.

Hoffe, da wird nicht über irgend ne alte Flamme gelästert.

Soll ich die zwei rausschmeißen?

Lässt die Sache bloß kippen.

Die Ereignisse beschleunigten sich –

Charlie Redmond schoss so schnell vom Tisch hoch, dass sein Stuhl umfiel.

Maurice Hearne lehnte sich mit einem grausamen Lächeln und hinter dem Kopf verschränkten Händen zurück.

Charlie griff nach seinem Wodkaglas, ging durch den Raum und stand dann allein und aufrecht am Ende des Tresens. Nahm einen Schluck von seinem Drink. Schaute geradeaus.

Schwer zu schätzen, wie lang es dauerte – alle hielten die Luft an –, bis Maurice aufstand, mit dem Glas in der Hand durch den Raum ging, dann neben Charlie Redmond stand und mit dem Rand seines Glases das seines Freundes berührte.

Das gute Dutzend unzuverlässiger Erzähler, das um die späte Stunde noch im Raum verblieben war, sollte später geschlossen behaupten, man hätte genau gesehen, was als Nächstes geschah – außer Nelson, der sich glücklich schätzte, auf der anderen Seite des Tresens zu stehen. Und Jimmy Earls sollte wahrhaftig beteuern, er habe sogar *gehört*, was als Nächstes geschah, habe das Geräusch gehört, das entstand, als Maurice Hearne in einer einzigen Bewegung das Messer aus der Tasche zog, auf die Knie fiel und es Charlie Redmond in die rechte Kniekehle stieß, doch erst beim Zurückziehen der Klinge entstand der eigentliche Schaden, denn mit der Bewegung durchtrennte er die Sehne, und es war dieses reißende Geräusch, von dem Jimmy Earls schwor, es würde ihn bis hinter die Mauern des Leichenhauses begleiten, ebenso wie das dumpfe Röcheln, das Charlie ausstieß.

Und es war nicht mehr als das, nicht mehr als ein einziges dumpfes Röcheln.

NEUNTES KAPITEL

Geborene Magierin

Im Hafen von Algeciras, Oktober 2018

Und nun, bei Nacht, brummt der Hafen von Algeciras. Quer über die Meerenge hinweg herrscht Betrieb. Die dunkle Haut des Wassers strudelt und schäumt. Als wäre da draußen irgendwo Party. In der Luft liegt ein Hauch von Hexerei und Fieber.

Dilly Hearne sitzt in der Cafeteria des Terminals. Geschickt macht sie sich unsichtbar. Wenn sie wie eine Eule eine halbe Drehung auf dem Barhocker vollführt, sieht sie unten die beiden Männer noch am alten Platz. Sie möchte ziemlich dringend zu ihnen hin. Was sie erstaunt. Sie möchte ihre Stimmen hören. Aus den Tannoys dringt eine Ansage –

> *… llegará otro servicio desde Tánger y podrá ir otro servicio …*

Noch ein Boot wird reinkommen, und vielleicht geht auch eins raus. Inzwischen hat sie die Sprache drauf, aber sie versteht besser, als sie spricht. Sie dreht sich wieder zur Bar. Seit gut drei Jahren ist sie in Spanien. Es fühlt sich an, als wäre ein halbes Leben vergangen, seit sie Irland verlassen hat.

Am ersten Tag lief sie durch die Straßen von Málaga, und ja, vielleicht mit starrem Blick und vorgerecktem Kinn, als suche sie ein Mysterium, neue Willenskraft auch, als wäre entschieden, dass es nur eins gab, dass mich nur eine Sache retten kann – ich muss aus dieser Haut raus.

Der Tag war heiß, die Luft so was von trocken. Die Stadt wirkte intensiv auf sie, dräuend. An der Ecke Calle Larios und Alameda Principal lümmelte ein Amputierter, arrangierte unter gelassenen mittelalterlichen Augen seinen Stumpf, und sie fühlte sich merkwürdig zu ihm hingezogen.

Sie hockte sich neben das Wrack des Mannes, stellte für eine Weile ihren Rucksack ab, und sie fragte ihn, ob er die Reisenden gesehen habe – die *inglese*, die *irlandese*?

Er sagte: Meinst du die jungen Leute mit den Dreads? Die mit den Hunden rumlaufen?

Sie sagte: Ja, genau die meine ich.

Sie wollte nach Marokko und in einem der Camps leben. Sie wollte an einen Ort, der die Bedeutung ihres Kummers nicht kannte. Sie wollte in die entlegenen Winkel ihrer selbst reisen und schauen, was sie dort fand.

•

Furchtlos sieht sie zu, wie Maurice und Charlie sich von der Bank erheben. Irgendetwas an der Art, wie sie sich bewegen, hat ihr die Furcht genommen. Mit ihren Unschuldsgesichtern machen sie sich, wie zu einem spontanen Ausflug, mal wieder auf in Richtung Rolltreppe und Bar.

Dilly ext ihren Drink, legt ein paar Münzen hin und zieht ihren Trolley über den Boden der Bar – er folgt ihr wie eine rollende Anklage, scheint ihre Anwesenheit anzukündigen, aber sie weiß sich den Blicken zu entziehen. Sie dreht weiter den Kopf, wendet das Gesicht hierhin und dorthin, nur nicht in Richtung der sich nähernden Männer. Das Terminal platzt jetzt aus allen Nähten. Sie drängt sich zwischen die Körper –

Ein hemdloser alter *hombre* in Nylon-Jogginghosen trinkt

einen bernsteinfarbenen Schnaps und fährt sich mit der Zunge über die Zähne, während er sie im Vorübergehen anstarrt, und sie brennt ihm mit einem einzigen gezielten bösen Blick die Geilheit aus dem Gesicht.

Draußen, auf dem Boden vor der Bar, sitzt ein grinsender Armleuchter in einem beigen Cordanzug, nuckelt an einer Dose Cruzcampo-Bier und hat sich wohl gerade in die Hose gepinkelt.

Ein blinder Losverkäufer drückt sich an die Wand, die Handflächen gegen den Marmor gepresst, als hielte er ganz allein den Laden aufrecht, und die Anstrengung zeigt sich in seinen furchtbar verschleimten Triefaugen.

Die Menge hat sich zur letzten abendlichen Welle verdichtet.

Die stakkato quasselnden Schinkenfressermünder schimmern fettig im harten Licht des Terminals.

Bescheuerter Scheiß-Jeansstoff, wohin das Auge sieht.

Maurice und Charlie laufen selbstvergessen nur ein paar Schritte entfernt an ihr vorbei. Sie starrt zu Boden und zieht ihren Trolley zu sich her, während die Männer in die Bar gehen.

Himmelherrgott – sind die alt geworden.

Sie fährt auf der Rolltreppe hinunter, geht hin und setzt sich auf die Bank in der Nähe des mit INFORMACIÓN gekennzeichneten Schalters …

In Granada wohnte sie die ersten Monate in einer billigen Pension. Die Stadt schien durchdrungen von alten Geheimnissen und, zum Sonnenuntergang, von einem modrigen Geruch. Ein Ort, der von gebrochenen Herzen sprach. Sie hatte achthundert Euro, und dann waren es siebenfünfunddreißig. Sie legte sie unter ihr Kissen und zählte sie morgens als Erstes – es ging nur in eine Richtung. Sechsvierzig. Sie war entschlossen, nie mehr nach Hause zurückzukehren. Das erste Blau des Morgens von Granada zeigte sich. Sie war runter auf fünffünfunddreißig. An der Wand hing ein blutender Jesus – den starrte sie im Dämmer an –, ein sexy blutender Jesus in einem Lendenschurz an der Wand. Der verzogene Mund, der Anmachblick – verpiss dich.

Das Letzte, was ihre Mutter zu ihr gesagt hatte, war: Komm auf gar keinen Fall hierher zurück, Dilly.

Und in Granada, in diesen ersten Monaten, schlief sie meistens am Tag, und wenn sie träumte, dann von verlassenen Orten, und manchmal erwachte sie zur Friedhofsruhe der nachmittäglichen Siesta und wollte am liebsten gleich los, sich am Abend auf einen kalten Wüstenboden legen, inmitten der Blumen der Dämmerung – ihr leuchtender Schimmer, wie mattdunkler Amethyst, wie stiller Rubin –, und sie mit ihrem Blut nähren.

Aber jetzt will sie die Männer sprechen hören. Sie steht von der Bank auf und schlendert ein paar Meter, lehnt sich an die Wand, starrt auf ihr Telefon und gibt vor zu scrollen, als sie auf dem Rückweg von der Bar an ihr vorbeilaufen.

In Wahrheit geht sie längst nicht mehr online, weil die Technologie das Böse ist, und online finden sie dich und verfolgen deine Spur.

Sie hat zweiunddreißig gefälschte spanische Pässe ins Futter ihres Trolleys eingenäht.

Maurice und Charlie gehen wieder zur Bank zurück.

Sie folgt ihnen, aber in gemessenem Abstand.

Im Vorbeigehen wird sie von drei großen, an die Wand beim Getränkestand hingelümmelten Schlaksen vom schlechten Ende von Marrakesch inspiziert. Sie unterhalten sich leise aus dem Mundwinkel.

Langsam geht sie hinter der Bank vorbei, gerade als Maurice und Charlie ihren Platz wieder einnehmen, und sie könnte die beiden fast am Hinterkopf berühren und hört zu –

Ich würd mir ja wieder nen Hund anschaffen, sagt Charlie, aber ich weiß nicht mal, ob ich noch n Hundeleben in mir hab.

Jedenfalls bestimmt keine zwei, sagt Maurice.

In Granada zog sie mit ein paar Leuten aus England und ihren Hunden in eine Höhlenwohnung im Albaicín. Die Miete war gleich null und wurde sowieso nie bezahlt. Die Hunde waren richtige Komiker. Die Höhlenhäuser waren zumeist illegal, als Wohnraum nicht zugelassen. Ihr Zimmer war winzig, fensterlos und voller Schwermut. Wie eine Gruft. Wände in der Farbe von Knochen und Asche, die niedrige Decke bedrückend – das Höhlenleben ging aufs Gemüt. Dort aus seiner alten Haut zu schlüpfen, war nicht leicht. Sie war sehr einsam. Die Höhle lag in den Hügeln im Dachgebälk der Stadt. Die Sonne brannte herunter. Im Albaicín führte sie ein Eidechsenleben. Die Leute aus England – Freunde hätte sie die nicht ernsthaft genannt, aber die Hunde erkannten sie an, und das war auch schon was. Denen – Coco, Ellie und Bo – war sie eine Gefährtin. Sie ließ sie in ihrem Zimmer schlafen. Bisweilen erzählte sie ihnen flüsternd von ihrer Familie. So vergingen die Monate.

Und in der heißen Nachmittagssonne im Albaicín spielte auf dem Platz ein Knäuel zerlumpter Kinder eine Art Abklatschen oder Fang-mich-doch, und Dilly legte die Sonnenräder auf einem Tuch aus schwarzem Samt aus.

Mit ihrem Vergrößerungsglas hatte sie den ganzen Sommer lang Spiralen, Fruchtbarkeitssymbole und Kreuze designt, hatte die Zeichen des Okkulten und eine Sheela-na-Gig hergestellt.

Mit dem Rücken an die warme Mauer gelehnt, saß sie auf dem Pflaster des Platzes. Schon längst fühlte sie sich nicht mehr wie eine Bettlerin, wenn sie so dasaß, in Büßerhaltung. Es kam nur darauf an, wie hoch man den Kopf hielt.

Kein Wort über die nächste rausgehende Fähre. Zwar dringen Ansagen aus den Tannoys, aber die widersprechen sich. Die Männer bleiben auf der Bank sitzen, wachsam wie Falken und dumm wie Löffel. Sie will sich ihnen nähern, aber sie kann noch nicht. Wieder schlendert sie hinauf in die Cafeteria. Sie folgt dem Ablauf eines verworrenen Traums. An dessen Rändern ertönen Stimmen. Sie kommen aus der gewalttätigen Vergangenheit. Der Traum hat die Umrisse des Fährterminals im Hafen von Algeciras.

Sie will mit den Männern reden. Eigentlich will sie in den Arm genommen werden. Bei dem Gedanken könnte sie kotzen. Dieses Jahr will sie weiter in den Süden von Marokko. Will in die Wüste. Sie bestellt ein Stück Tortilla. Der Barkeeper sieht so stoned aus wie ein Scheiß-Koala. Die Tortilla ist zu trocken. Sie schmeckt wie eine Opfergabe. In der Cafeteria liegt Nervosität in der Luft –

Ein untersetzter Mann an der Theke hält sich den Unterleib, stöhnt, reißt sich zusammen, legt die Stirn auf die metallene Theke. Greift sich wieder an den Unterleib. Schreit auf.

Ein Männlein mit einem Rosinengesicht, das unter einer Schmalztolle einen Blazer und fliederfarbene Hosen trägt, kommt rein und versucht, Socken aus einem Plastikbeutel zu verkaufen.

Dilly geht zur Balustrade und schaut auf die Bank hinunter, und nun, in perfekter Synchronizität, blicken Maurice und Charlie hoch – wie an der Schnur ihres Blickes gezogen.

Eines Tages fuhr sie zum Verkauf ihrer Sonnenräder nach Málaga. Sie suchte sich einen Platz an den Mauern der Kathedrale. Das Schicksal ließ einen Dschellaba tragenden Maghrebiner an ihrer Seite erscheinen. Penibel entfaltete er ein schwarzes Tuch. Stellte ein paar hölzerne Statuetten von stolzen Afrikanern darauf. Dilly versuchte, in ihrem Taschenbuch zu lesen – Schund aus Amerika; ein Serienmörder treibt im mondbeschienenen Ohio sein Unwesen –, aber die Worte blieben nicht haften. Die Stunden flossen dahin. Weder sie noch der Maghrebiner hatten Kunden.

Sie saß mit ihrem Telefon da und besah sich auf Instagram Tattoos. Die Technologie war das Böse. Sie besah sich Clips von lachenden Hunden. Sie stand auf, strich ein paar Falten glatt und betrachtete die afrikanischen Statuetten, die so präzise ihren Verkäufer abbildeten. Er war sehr groß, vielleicht eins neunzig, und er stand in der Nachmittagshitze wie Hiob.

Wo kommst du her?, sagte sie.

Er sonderte ein müdes Lächeln ab und deutete in Richtung der Docks, des Meeres, irgendwohin dahinter.

Kennst du dich mit der *policía* hier aus?, sagte sie. Wie sind die drauf?

Er zuckte bloß die Achseln, wer weiß das schon.

Gibt's noch irgendwelche anderen Orte in der Stadt?, sagte sie. Wo uns die *policía* nicht verscheucht?

Kann schon sein, sagte er.

Sie nahm eine seiner Statuetten und drehte sie in der Hand.

Wo zum Teufel kriegst du die überhaupt her?

Von einem Ort in der Nähe des Flughafens, sagte er. Du kannst den Flughafenbus nehmen. Er fährt direkt dran vorbei.

Lächelnd bückte er sich und faltete seine schmalen Glieder, um ihre Sonnenräder zu begutachten. Sie nahm das Vergrößerungsglas aus ihrem Rucksack und hielt es ihm hin.

Mit der Sonne, sagte sie.

Er nickte anerkennend und bewunderte die Räder.

Ich komm von einem Ort, sagte sie, der nicht viel Sonne abkriegt.

Woher denn?

Irland. *Irlandes?*

Da bin ich nie gewesen.

Muss man auch nicht hin.

Ist es nicht schön dort?

Ach, es ist großartig, aber knifflig, weißt du.

Das Wort knifflig kannte er nicht. Er sagte, sie solle zu dem Lagerhaus am Flughafen gehen – da bekomme man viel en gros und billig, Schmuck, Schals, was auch immer.

Dann musst du nicht den ganzen Tag in der Sonne sitzen, sagte er, und er nahm ihr Vergrößerungsglas, hielt es sich vors Gesicht und machte ein großes Zyklopenauge.

Und in diesem Großhandel, in einem schäbigen Fachmarktzentrum in der Nähe des Flughafens, lernte sie dessen Leiterin Frédérique kennen, deren Namen man mit großzügiger Betonung des Q aussprach, was den Mund zu einem leicht gequälten Lächeln zwang. Frédérique war beleibt und buttrig und irgendwie transig – schwer zu sagen, von welcher Seite her –, und sie mischte bei sämtlichen

Schiebereien mit. Der Großhandel war nur die Fassade. Tag und Nacht trieben sich dort zirrhotisch aussehende alte Gauner und junge Strolche mit irrsinnigen Mündern herum. Das sind meine Leute, war Dilly Hearnes Eindruck. Bald wohnte sie in Málagas wuchernder Vorstadt und ging in Frédériques Laden ein und aus, wie auch die Bullen, die alle mit Vornamen grüßten. Dort wurde viel verschoben und gespielt. Das Geld wurde jetzt mit dem Transport von Menschen verdient. Und jeder kam irgendwo anders her. Wenn Frédérique – spätabends – tief ins Glas schaute oder an der glühenden Pfeife zog, erzählte sie Dilly Geschichten von dem Ort, wo *sie* herkam. Er lag im brasilianischen Regenwald. Keine vierzig Kilometer, sagte sie, von einem Stamm entfernt, der noch nie Autos oder elektrisches Licht gesehen hatte. Lange stellte Dilly sich diese glücklichen Indios vor. Wie ein Kind, das Trost in einer Geschichte sucht. Sie sah ihre gelben Augen elektrisch im Dunkel des nächtlichen Urwalds leuchten, hörte das Gewisper ihrer Beschwörungen, und jetzt wälzt sich ein breiter Fluss murmelnd dahin, ganz nah, aber unsichtbar, und hör nur, wie die unidentifizierbaren Vögel in der Finsternis kreischen.

Wenn sie die Männer anspricht, wird etwas zu Ende sein. Sie geht raus, um eine zu rauchen. Dort dräut jetzt eine atmosphärische Störung. Die Luft ist drückend aufgeladen. Sie sollte sofort von hier verschwinden und nie zurückschauen. Aber sie will mit ihnen sprechen.

Unter den Peitschenlampen auf der Brache bei den Containerstapeln tritt eine Schar marokkanischer Jungs einen Ball durch die Gegend. Aus dem trüben Schimmer der Hafenlichter ragen die hässlichen Fassaden der Wohnblocks dahinter. Dies ist ein hässliches Entlein von einer Stadt. Dilly kommt hier häufig durch, und eins hat sie gelernt – je hässlicher die Stadt, umso netter die Leute.

Ein Hubschrauber der Drogenpolizei schwingt übers Wasser herein und schwebt über dem Helipad auf dem Terminaldach, steht dort einen Moment, setzt dann sanft auf, ruht. Das zu beobachten, ist sehr beruhigend – sie spürt, wie sich ihr Puls mit den Rotoren verlangsamt.

Sie schaut übers Wasser. Ihr wurde noch nicht gesagt, in welchem Hotel sie einchecken soll, wenn sie in Tanger ist. Sie erwartet Instruktionen von Frédérique.

Sie schmeißt die Kippe weg und versucht, wieder hineinzugehen, aber sie muss die Automatiktür dreimal anlaufen, bevor die sie als weibliches Wesen erkennt.

Sie hält sich dicht an den Wänden, als sie die Halle, die Kartenschalter inspiziert. Sie nimmt die Rolltreppe nach oben. Beim Hinauffahren mustert sie aus dem Augenwinkel die Männer. Ihre unverwechselbaren Posen. Ihre Mienen. Wieder schauen sie glatt durch sie hindurch, und ihr dämmert, dass sie sie gar nicht sehen können.

Sie halten Ausschau nach einem Geist namens Dilly.

Noch etwas hatte sie gelernt – du musst täglich, minütlich, auf dich aufpassen. Wenn du nicht auf dich aufpasst, schleicht sich das Schlechte ein, oder das Böse. Vor allem pass auf, was du sagst. Pass auf den gloriosen Satz auf, der dir aus dem Nichts einfällt – er könnte etwas mit dir vorhaben. Pass auf die elegant verbundenen Partizipien auf, die Schnur der juwelengeschmückten Wörter. Pass auf deine Flüche auf – sie bedeuten, dass dir vielleicht gleich die Worte entgleisen.

Und manchmal spürte sie, wie sie sich in jemand anderes – etwas anderes – verwandelte, und sie tauchte aus ihrem flachen Schlaf in der spanischen Nacht auf (ob in Blanes, in Calanda oder am Cabo de Gata) und hörte ihre Mutter vor langer Zeit in irgendeiner verlorenen Gasse auf Beara nach einem der Hunde rufen. Der Name des Hundes verblasste, bevor sie ihn sich richtig in Erinnerung rufen konnte – war es zu der Zeit Shortie gewesen?

Über die Bilder, die in schlaflosen Nächten auf sie eindrangen, hatte sie keine Kontrolle. Sie stammte von einer zwölfhundert Jahre zurückreichenden Linie von Insomnikern ab. Sie würde nie dorthin zurückkehren, aber Heimat würde immer der Ort sein, an dem das Licht um die Äquinoktien herum, in diesen Zwischenjahreszeiten, so schräg einfiel.

Wir bekamen wirklich sehr wenig Sonne ab.

Sie beobachtet sie von oben – zwei Männer auf einer Bank, einer mit einem guten Auge, einer mit einem guten Bein. Sie kann nicht zu ihnen. Selbst wenn sie mit ihnen sprechen könnte, was sollte sie sagen?

Dass ich euch nichts mehr vorwerfen kann.

Als sie ein Kind war, kam zu den seltsamsten Zeiten Besuch. Männer mit Hut, lachende Frauen, und manchmal wurde die Stimme erhoben, manchmal gesungen. Dazu all die jähen Umzüge und nächtlichen Abgänge – wir müssen uns mal wieder verdünnisieren, Dilly, packst du in deine Dino-Tasche, was du brauchst?

Sie sieht ihre Mutter in dem Hotelbett – im alten Jurys auf der Western Road –, und Cynthia stellt sich, dem Kind zuliebe, schlafend, aber sie wälzt sich erhitzt und furchtbar schwitzend hin und her, und Dilly spürt die Hitze, die sie abstrahlt, sie ist wie ein Ziegelofen, und Maurice hockt am Fenster, es ist total spät, Sommer und so eine feuchte Nacht, und er schaut hinaus auf den Parkplatz, während er eine Tüte raucht und ganz leise flüstert

Scheiße Scheiße Scheiße Scheiße Scheiße Scheiße

und da wusste sie, dass sie bestimmt nicht so waren wie andere Familien.

Und Charlie Redmond nahm sie zum Abendessen in Restaurants mit, und alle schienen sich in Kreisen um sie beide herumzubewegen, in immer engeren Kreisen, wie magisch oder magnetisch angezogen, Leute tauchten aus dem Nichts auf und ergriffen seine Hand – Charlie Redmond! –, und immer nahm er sie zum Abendessen mit, oder zu Tee und Kuchen – mit Charlie zusammen zu sein fühlte sich an wie ein Entkommen –, und er ließ sie Schlückchen von seinem Wein kosten, erzählte ihr noch einmal seine alten Witze, machte Stimmen nach und kaufte ihr absurdes, teures Zeugs, und er flüsterte mit ihr, sagte: Dilly?

Du bist ne verdammte Prinzessin.

Und ich hab dich sehr geliebt.

Es ist Nacht im Hafen von Algeciras. Die Fähre soll wieder nach Tanger auslaufen. Die Menge bewegt sich in Schüben zu den Ausgängen. Die zwei Männer auf der Bank studieren sie aufmerksam. Das Mädchen steht über ihnen. Sie beugt sich über die Balustrade und schaut hinunter. Sie muss eine Entscheidung treffen. Aber sie ist in der Vergangenheit gefangen, und die Vergangenheit lässt nicht locker. Sie erinnert sich an jeden Scheiß. Sie erinnert sich sogar an den Morgen kurz vor der Jahrhundertwende, als Maurice sie im Wagen zu dem Ort am Wasser unterhalb der Stadt Berehaven fuhr, und an den Ton – das hallende *Schlunk* und *Klick* –, als er die Türen verriegelte, und sogar mit vier wusste sie schon, was ihm diesen furchtbaren Ausdruck ins Gesicht schrieb; die Liebe.

ZEHNTES KAPITEL

Die symbolische Wunde

In den Städten Cádiz, Barcelona, Segovia und Málaga sowie im Hafen von Algeciras, zwischen 2000 und 2004

Aber klar rückt dir Irland tierisch auf die Pelle. Es wendet dir im Dunkeln das schiefe Lügenmaul zu und flüstert dir böse Sachen ein. Es wartet auf seinen Moment und zeigt dir dann die gehörnten Klauen.

Ein paar Wochen nach der Jahrtausendwende floh er von da – Maurice Hearne war nicht 2000-kompatibel, davon war er fest überzeugt. Er hatte fast seine Tochter umgebracht. Hatte seine Frau verloren. Seinen Freund mit dem Messer attackiert. Der Tod nahte – da war er sicher; er spürte seinen Atem –, und er rannte vor ihm davon. Nach Spanien ging er, weil es ein Riesenland war, wie zum darin Abtauchen gemacht. Für lange Zeit sollte er sich dort verlieren.

Ohne Sinn und Verstand ließ er sich treiben. Er versuchte, seinen Tagen eine Struktur abzuringen, aber es gab keine. Er soff wie ein Loch. Sprach zu den Wänden. Verfluchte die *policía*. Ließ sich auf böse, böse Kämpfe ein. Fixte sich zwischen die Zehen.

Er war in Spanien in dessen sprödem Februargrau, im Johanniskrautgelb gewölbter Junitage. Die Sprache lernte er nicht. Er trieb sich in den Gassen der Weißen Dörfer und in den Winkeln und Bars trister Städtchen herum. Verlor sich im tiefen Nachtdunkel der Meseta. Saß in dem Zug, der an jeder Milchkanne hielt. Die Einsamkeit hatte er sich selber zuzuschreiben.

Fast fünf Jahre lang driftete er so durch das Land. Zwar war er noch ein junger Mann, aber er fühlte sich mitnichten jung. Er floh vor seiner eigenen Verbrecherpose. Seine lebhaftesten Sinneseindrücke –

der penetrante Chemiegeruch, den der Wind in Tarifa nächtens über den Strand wehte,

der Stein der Kathedrale in Salamanca, der sich noch in der Abendsonne heiß anfühlte,

das migränige Stimmengewinsel oben in der Cafeteria der *estacíon de autobuses* in Granada

– verschafften ihm kein Bewusstsein für die Zeit, sondern waren allenfalls ihre Textur. Er bekam da keinen Zugriff. Er war ein Blatt im Wind.

Eine Weile fand das Morgenlicht seine blasse Haut, den feuchten Film auf seinen Augen, die soliden Knochen in seinem Gesicht in der Stadt Cádiz. Dort in der Altstadt lebte er mit der dünnen Karima zusammen.

Der Fischgeruch vom Markt lag schwer in der Luft. Überall auf den Straßen und im Rinnstein winzige opake Schuppen und verdrehte Fischgerippe. Das Fischblut und sein strenger Eisengeruch erweckten hemmungslose sexuelle Gier. Noch immer war er ein hoffnungsloser Sklave seiner Lust. Gequält, wild zappelnd, mösengeil. Karima war siebenundvierzig neben seinen dreiunddreißig und vögelte gern die halbe Nacht durch – es war erschöpfend, ekstatisch, sagenhaft. Wenn sie sich Málaga auf unter hundert Kilometer genähert hätte, wäre sie bestimmt umgebracht worden. Im Schlaf hatte sie böse Schweißausbrüche, also schlief sie eben selten. Morgens briet sie ihm Spatzen. Die

Vögel waren auf dem angeschlagenen braunen Delfter noch gut erkennbar. Die Bissen Fleisch dufteten im knoblauchigen Öl und schmeckten nach Wild.

Karima kannte sich mit alten Zaubern aus. Seltsame Lüftchen zogen über ihr Gesicht. Undurchdringliche Blicke traten daraus hervor. Manchmal nahm sie im Verlauf des Aktes seine Hand und führte seine Finger an ihr Arschloch. Sorgte selbst dafür, dass sie bebte und zitterte.

Um sich zu erholen, setzte er sich draußen auf den Platz, trank schon am späten Morgen Rotwein und führte lange, strenge Selbstgespräche. Die Flaggen der Guardia Civil wehten scharf über dem Kasernengebäude, gepeitscht vom Atlantikwind. Er schrieb verrückte Briefe an seine Frau (voll greller Andeutungen) und seine Tochter (Liebesgeflüster), zerriss sie aber immer sofort und warf sie in den Müll.

•

Die Wohnung mietete er von einem schwatzhaften Schotten mit Pudelgesicht. Einem Ex-Bullen, der sich pausenlos über den Plot eines blutigen Thrillers ausließ, den er nie schreiben würde – der Schlupfwinkel eines Killers, ein Stapel blutverkrusteter Tierhäute, das rostige Qietschen der Falltürangeln. Was war nur mit den Menschen los? Das hätte Maurice Hearne gern gewusst. Die Welt des neuen Jahrhunderts war in einen schmutzigen Nebel entglitten. Sie starb an ihrer eigenen Obszönität. Das war seine wohlerwogene Überzeugung. Neben den Ficks wichste er bis zu dreimal am Tag.

Die Tage, die Nächte vergingen wie Strafen.

Und Karima wandte sich – wie längst vorausgesehen – gegen ihn und begann, böse Zauber zu wirken. Verhexte ihn. Wollte sein ganzes Geld, oder was davon übrig war. Sie selbst war pleite, aus dem Geschäft. Stand auf der

Abschussliste. Hoch oben im Rifgebirge hockte ein Zeltvoll ausgemergelter Brüder, denen sie Kohle schicken musste.

Sie verbarg seltsame Päckchen in den Topfpflanzen der Wohnung. Verklumpte Hundehaare; Vogelknochen; getrocknete Kräuterbündel; einmal, wahnsinnig komisch, einen Hühnerfuß. Nachts wachte er auf und fand sie geheimnisvoll murmelnd auf Knien über seine Brust gebeugt. Ereignislos waren diese Nächte jedenfalls nicht. Er revanchierte sich mit geflüsterten, kühlen Ansprachen an ihre Lenden, ihren Bauch.

Dies geschah in der Stadt Cádiz, deren Bewohner *gaditanos* heißen.

Dies geschah in Andalusien, im Frühjahr 2000.

Sie erzählte ihm viele alte Geschichten – Geschichten über ihren Vater.

Einmal hatte die *policía* im Hafen von Algeciras ihren Vater in die Kaserne geführt, einen Schrank voll beschlagnahmter Waffen aufgeschlossen und ihm gesagt, er solle sich eine aussuchen – das sei seine beste Chance, lebend aus der Stadt zu kommen. Reihenweise glänzten Macheten und lange Messer unter den Neonlampen – auch Schlagringe gab es dort und spitze Klingen aus rostfreiem Stahl mit krummen Griffen. Die einheimische Waffenkunst war erfindungsreich, schließlich handelte es sich um Katholiken.

Väter werfen die längeren Schatten. Über die Mütter kommen wir irgendwann hinweg, aber kaum je über die Väter, sagte sie.

In Cádiz ließ er sich im Knochen-und-Eisen-Geruch des Fischmarkts treiben und sah sich von Bildern sexueller Rage attackiert. Eigentlich hatte er sich schon mehr oder weniger daran gewöhnt. Worin die Gefahr lag.

Er trank, vögelte und schimpfte. Nachts schlief er wenig.

Er lebte im Amalgam eines Traums. Städte verwandelten sich in andere Städte, Straßen in entfernte Straßen. Karimas Küsse schmeckten nach Öl und Rauch.

Auch morgens vögelten sie. Und an den meisten Morgen fand er in den Topfpflanzen die seltsamen Päckchen. Noch ganz der Galan, entfernte er sie kommentarlos. Er hielt es für durchaus möglich, dass sie versuchen würde, ihn zu vergiften.

Ach, aber das staubige Braun ihrer Iriden war ein sehr schöner Ton – ein saharisches Nussbraun wie das einer windverblasenen Düne oder einer Haubenlerche.

Im Dunkel erzählten sie einander ihre Träume und Albträume von der Barbarenküste.

Karima schaltete den Fußball aus dem Bernabéu ab, trat gegen die Wand und verkündete, dass sie geschiedene Leute seien. Keine Erklärung. Er fiel auf die Knie und beteuerte unter Tränen, dass er sie liebe, und nie war sein Corker Akzent stärker gewesen.

Sie rammte ihm den Ellbogen ins Gesicht.

Das Salz des Blutes sexy auf seinen Lippen.

Sie begann, sein Zeug vom Balkon zu werfen, marschierte mit ihren geschwungenen Wangenknochen, ihrem Killermund vor und zurück.

Nicht meine Scheiß-Platten, Baby, sagte er.

Sie zerrte ihn aus dem Zimmer. Sie hatte Kräfte wie ein verdammter Hengst. Knallte hinter ihm die Wohnungstür zu.

Ach, reg dich doch verflucht noch mal ab, Reem, wie wär's?

Aber er sprach zu den Mauersteinen. Das Bild wurde verschwommen. Jetzt stand Maurice Hearne in Hemdsärmeln und verlassen draußen auf der Straße im Regen. Karima warf weiter seine Sachen von oben herunter.

Nicht das Vinyl!

Er versuchte, sie zu fangen, während sie durch die Luft segelten.

Karima! In diesen Scheiß-Platten steckt jahrelange Arbeit.

Da stand er nun im Dunst des fleckigen Regenlichts spätabends auf der Straße. Die Fehlzündung eines defekten Mopeds knallte wie ein Schuss, aber er zuckte nicht mal zusammen. Er hatte schlimmere Sorgen.

Karima auf dem Balkon attackierte ihn mit gefletschten Zähnen. Nannte ihn Lügner, Nuttenknecht, Tunte.

Um ihn herum zersprang das Vinyl.

Noten platzten auf dem Pflaster.

In diesem Jahr in Cádiz war unsere Liebe flüchtig.

Attraktion mit gleitendem Übergang zum Totschlag.

Karima nannte ihn einen Angsthasen, eine feige Ratte, Arschloch.

Dunkelheit rahmte den Westhimmel über dem Seewall und dem Ozean.

Die atlantischen Vögel stürmten in mörderischen Scharen dahin wie zu Hause.

Aber zumindest spürte er sich nun endlich mal selbst. Dies war fraglos ein Ereignis. Eine gefährliche Frau in einem engen schwarzen Kleid wütete auf einem Balkon in einer Seitenstraße von Cádiz. Die Art, wie sie die langen, nadelspitzen Glieder bewegte, und der Überbiss ihrer weißen Zähne – das war Kino pur, die Zähne die Reißzähne eines Vampirs.

Jetzt stand er nur noch fröhlich mit den Händen in den Hüften da, während seine Sachen um ihn herum auf dem Pflaster landeten.

Cádiz atmete flach und leise wie eine lauernde Schlange.

Karima? Reg dich mal wieder ab, ja?

Aber sie wütete noch eine Weile weiter. Der Regen fiel; die Momente purzelten; die Luft stand schwer und muffig nach dem *carnaval.*

Schließlich ging Karima der Saft aus. Jetzt hing sie erschöpft über dem Balkongeländer, und er wusste, dass sie vielleicht schnell wieder auf Liebe und Harmonie umschalten würde.

Weiter unten –

schlug die obdachlose Jugend am verregneten Strand auf ihre Trommeln und Pappkartons und rauchte Hasch, und die Mädchen und die Hunde lachten und bellten die Sterne und den Regen an.

Dies war in der Stadt Cádiz, damals im Jahr 2000, an der Küste des Lichts und der Magie.

Remick lernte er auf der Plaça Catalunya kennen. Auch sie war dunkelhäutig und kam aus Australien. Sie hängte sich an ihn wie ein Wombat auf Droge. Er nahm sie mit in die Bar in einer Seitenstraße von L'Eixample, die ihm in den Neunzigern gehört hatte. Er zeigte sie mit seigneuraler Geste vor. Sie hatte ihm zur Geldwäsche gedient, und dann hatte er sie wieder verkauft. Die Anchovis in ihren Schälchen waren noch immer in grünes Öl eingelegt, in dem Knoblauchscheibchen schwammen. Die Straßen mündeten in dieselben Straßen. Inzwischen war er auf circa neuntausend runter. Er saß mit der hübschen Remick am selben Tisch hinten, den er immer benutzt hatte. Sie hatte ein Lächeln wie ein Selbstbau-Sprengsatz. Es kam nicht in ihren Augen an.

Er sagte: Remick, ich könnte dir in der Nacht Dinge flüstern, von denen du dich verflucht noch mal nie erholst.

Eine Weile lebten sie zusammen im Bezirk Gràcia. Sie tranken zu viel und zu lange. Sie stritten sich giftig und geübt. Sie rauchten Crack. Sie stritten sich wie besoffene Gorillas. Gràcia war nicht mehr das, was es noch fünf Jahre zuvor gewesen war. Es gab kein gutes Heroin mehr. Stattdessen gab es Läden, die edlen Honig verkauften – Bergblume und so was. Das neue Jahrhundert war der verfluchte Horror. Er gehörte ins vergangene. Elegante Hündchen dackelten in ihrem Pelz durch die katalanische Wintersonne. Eines Morgens verpasste ihm Remick einen Kopfstoß – sie hatte die Manieren einer verfluchten Schafschererin –, und dann schliefen sie wieder miteinander. Als er kam, sah er die Sterne am Himmel.

Überallhin verfolgten ihn zwei marokkanische Jungs.

Er sah sie Tag und Nacht.

Sie drückten sich an den Ecken des Platzes in Gràcia herum.

Die Jungs waren schlaksig und um die zwanzig.

Er war sicher, dass Karima sie geschickt hatte.

Schauen sie her, Remick? Mehr will ich verflucht noch mal gar nicht wissen.

Aber ich hab keinen Schimmer, wen du meinst!

Zwei Scheiß-Marokkaner!

Ich seh keinen.

Ach, mach die Augen auf und halt verflucht noch mal Ausschau, ja?

Er wandte sich schnell im Café um, und vielleicht sah er

sie blitzartig ins Duster draußen verschwinden. Mit so einem Scheiß musste man sich auseinandersetzen. Wo auch immer er hinging, spürte er ihre Rif-Augen zwischen den Schulterblättern wie verfluchte Messer. Schon wieder ein Ort, von dem er Abschied nehmen musste – Barcelona, 2003.

Allmählich verlor er die Fähigkeit, mit Menschen zu sprechen. Hatte sich zu weit von seiner Sprache entfernt. Vergaß die Worte. Dies war in einer Stadt im Landesinnern. Dies war im lyrischen Winter von Segovia. Er liebte Dilly und Cynthia. Er konnte sie nicht sehen. Vor dem Internetcafé verkauften ein Zigeunerjunge und sein Mädchen von einem Grillkarren geröstete Kastanien und küssten sich. Sie sahen aus wie aus dem Jahr 1583. Die Luft war dunkelblau im Dämmerlicht und roch nach Rauch wie alte Poesie. Längst tat er nicht mehr so, als würden die munteren Worte, die er hinten auf eine Karte kritzelte, tatsächlich seine Tochter erreichen. Er konnte sich nicht mehr vorstellen, wie ihr Gesicht sich verändert haben mochte. Er saß am Fenster des Cafés und sah auf die Straße hinaus, die sich zum Platz an der Kathedrale hinaufwand. Auf einer Suchmaschine fand er Bilder vom Wald von Ummera: der Geist einer lodernden Sonne über einem verblassten Ort. Der Odeur irischer Melancholie. Er zerriss die Postkarte.

In seinen Träumen zog es ihn unvermeidlich zum alten Wald von Ummera im Norden von Cork.

Dort hatte er seine ersten Jahre mit einem leidenden Vater und einer stoischen Mutter verbracht. Sein Vater kam weiter aus dem Westen, von den kahlen Felsrücken und baumlosen Hügeln Bearas. Im Ummera brachten die Bäume seinen Vater aus der Fassung. Glaubte seine Mutter. Am Hals seines Vaters pulsierte es merkwürdig, wie von Würmern. In Segovia läuteten die Glocken die dunklen

Töne der Stunde, der halben, der Viertelstunde. An solchen Orten trug die Kirche immer noch genügend dick auf. Sein Vater war ein Glaubensmann gewesen. Als sie nach Cork zogen, schloss er sich den Pfingstlern an. Oft musste er von deren Treffen nach Hause getragen werden. Ohnmachtsanfälle. In Zungen geredet. Auch sein Vater hatte damals den Sinn seiner Sätze vergessen. Sie kamen ihm an den Gelenken abhanden. Im Nachmittagsschlaf drangen ihm seltsam altertümliche Worte über die Lippen. Maurice beobachtete ihn als Junge, dann als Teenager, als es schlimmer wurde, und noch dort in Segovia spürte er seinen Geist, der keine Ruhe gefunden hatte.

Er fühlte sich vorzeitig gealtert. Er fürchtete sich vor seinem Spiegelbild in den erleuchteten Fenstern des spanischen Abends. Er glaubte, das Alter habe ihn auf dem Kieker. Sein Gesicht wirkte eingesunken. Er sah seinen Totenschädel darin. Spürte die Würmer im Mund. Sein Körper war eine Todesfalle. Er war vermaledeite sechsunddreißig Jahre alt. (Spürte mit kühler Gewissheit, dass er mit siebenunddreißig tot sein würde.) Er ging in eine Bar auf der Calle Marqués del Arco, verschlang gierig gebratenen Fisch und dünne Scheiben *jamón*, trank den tintigen Rioja und frisch gezapftes kaltes Bier, weinte, und niemand schenkte ihm Beachtung. Ein dickes blindes Kind sang bei einer Fernsehtalentshow, die Bar starrte gebannt hin, und die Gäste begannen mitzuklatschen – es war die spanische Version einer alten Nummer von den Carpenters, und sämtliche Kinne des Kindes rollten dabei. Maurice Hearne war dermaßen gerührt, dass ihm ein Brechreiz aus dem Magen aufstieg. Er stopfte sich einen Kanten Brot rein, um ihn zu ersticken.

Die Stimmung in diesem Winter in Segovia war tragikomisch, launenhaft, schön.

•

Dann wieder, dem Sog des guten alten Meeres folgend, gen Süden. Der Strand in Malagueta war wie immer. Auf den Felsen am östlichen Ende angelten spinnendünne alte Männer und arme braune Jungs. Es war ein heißer, blank geputzter Frühling. In den Hügeln ringsum kragten ausdrucksvoll großkotzige Villen. Raubvögel schwebten in der Thermik. Rüstige deutsche Greise marschierten über die Promenade. Maurice legte sich auf einen Betonblock auf dem Wellenbrecher. Er war ein sich in der Frühlingssonne wärmender Krebs. Es gab Momente eines merkwürdig eisernen Glaubens – des Glaubens, er könne Cynthia zurückbekommen, und Dilly.

Die Hitze machte einen fromm. In den Kanälen seines Körpers kursierten düstere Gerüchte. Missmutige Jogger liefen in festen Paaren über die Promenade. Er lauschte der alten Arbeiterstadt Málaga und ihren katholischen Glocken, ihrem katholischen Schweigen. Blinzelnd nahm er die Weiten über sich in Augenschein.

Oh, sieh dir den weißblauen Himmel über mir an – soll ich meine Beichte bei ihm ablegen?

Lange lag er auf dem Block, bis die Sonnenwärme nachließ und die abendliche Kühle herabstieg wie ein gesenkter Schleier, eine gnädige Geste.

In Málaga spielten die abendlichen Straßen noch immer die gleiche alte Schummermusik. Kapuzenbewehrte Augen wie Falltüren auf diesen Straßen. Mönche und traurige kleine Nonnen im Habit. Er saß auf dem Einzelbett im Zimmer einer Absteige abseits der Calle Larios. Lauschte dem Gesumm des abendlichen *paseo*, seinem Geschwätz und Gemurmel. Ließ seine Augen ruhen. Trank Cruzcampo-Bier aus kleinen Büchsen und pisste seine Schönheit ins Waschbecken. Hinter seinen Augen spürte er die Würmer graben.

Genau aufs verfluchte Stichwort, sagte er laut.

Die Vergangenheit verschwamm und formte sich neu. Er konnte ihr nicht entkommen. Sie passte sich dem Moment an. Er richtete sogar ein paar zwanglose Worte an seinen Vater. Dann das nicht so zwanglose –

Ich dachte, ich wär so viel stärker als du.

Zeigt irgendeine Bekundung – kühl, nüchtern, unverstellt – jemals Wirkung? Er war ein nicht mehr ganz junger Mann, der in einem Fünfunddreißig-Euro-Zimmer in Málaga ins Waschbecken pisste. Mit dem Erzbetrüger in der verfluchten Hand. Damit war genug bekundet.

Er ging hinaus in die Nacht und trank in einer Bar an den Docks mit den Algeriern. Er musste eine neue Ladung auf den Weg bringen. Das hielt er für machbar. Er hatte Kontakt zu Charlie Redmond aufgenommen. Es herrschte eindeutig Tauwetter. Ihm gefiel die Sanftheit, mit der die Algerier leise ihre Komplotte schmiedeten. Er hatte keinen Schimmer, was sie da besprachen. Er wollte gern im harten Meereslicht an einem Ort von seinen Sünden freigesprochen werden, der seinen Namen nicht kannte.

Die Anfälle seines Vaters hatten die Welt schwanken und in Schieflage geraten lassen. Als Maurice ein Kind war, kam sein Vater häufig ins Krankenhaus. Die Aufenthalte wurden länger und länger. Seine Mutter erklärte ihm alles in schlichten, emotionslosen Worten.

Maurice las es nach. Elektroden, so erfuhr er, wurden am Kopf seines Vaters angebracht. Vermittels dieser wurden genau bemessene Stromimpulse hindurchgeleitet, um das Gehirn zu stimulieren. Die wiederum lösten kurze Konvulsionen aus. Wenn die Narkose zu wirken begann, sah sein Vater die Ärzte aus dem Raum verschwinden und sich in Luft auflösen. Im Hippocampus wurden neue Verbindungen hergestellt.

Sein Vater kam ausgeglichener aus dem Krankenhaus nach

Hause, aber zugleich von einer merkwürdig grauen Ruhe besessen. Die war nicht von dieser Welt und ruinierte jeden Schlaf im Haus.

Málaga ließ sich in seine Nachtstunden sinken. Die Ankunft eines Linienfrachters aus Genua stand bevor. Die Prostituierten kamen auf den Ruf seines basslastigen Horns. Die Bar würde die ganze Nacht geöffnet bleiben. Maurice Hearne war damit zufrieden, still auf der Höhe seiner traurigen alten Träume zu sitzen.

Im Hafen von Algeciras waren die kriminellen Desperados von halb Europa versammelt. Die Luft roch morbide nach Mittelalter. Die vagabundierenden Kinder vieler Nationen hockten dort high und betrunken zusammen. All die Trommeln, die Mädchen und die Hunde im Aufgebot. Beim Zug an den Pfeifen leuchteten winzige Gluten im Dunkeln. Die Atmosphäre entsprach der einer feierlichen Zeremonie. Dies waren oft ziemlich humorlose Kinder. Bei Nacht hatte der Hafen etwas Heißes, Diabolisches. Das ließ Vergangenes anklingen, war aber Teil des neuen Jahrhunderts. In solch klaren Nächten sah man eine Stunde südlich die Lichter von Tanger.

Er ging los, um sich die Wartezeit mit einem Spaziergang durch die alten Hafenstraßen zu verkürzen. Seltsame Vögel spähten finster aus den Gassen. Dies war einer der unerklärlichen Orte der Erde. Im Laufen fühlte er sich beobachtet oder gefilmt. Zugleich so, als nähere er sich einer Sache an. Er wartete darauf, dass die Nacht über das schwarze Wasser kam. Was von dem Geld übrig war, hielt er in kleinen Bündeln am ganzen Körper versteckt. Er musste seine Frauen zurückbekommen.

Als der Aufruf für die Nachtfähre endlich kam, beförderte er die Welt zurück in einen älteren Bezugsrahmen. Die auf dem Stein des Kais und dem Steg hallenden Schritte erinnerten irgendwie an den Krieg. Über ruhige See kam das Boot voran. Die Wellen darunter liefen im Gleichmarsch wie Truppen. Die Maschine erzeugte eine schwungvoll stampfende Marschmusik. Er begab sich ohne Plan nach Tanger. Schnell fiel die Nacht und war schwarz um ihn.

Am nächsten Morgen, in einer Pension im arabischen Viertel dieser unheilvollen Stadt, schnitt er sich das linke Auge mit einer Rasierklinge auf.

ELFTES KAPITEL

The Last Night of Our Acquaintance

Beim Verlassen des Hafens von Algeciras, Oktober 2018

Jenseits der Fähre weichen die Lichter von Algeciras in die Oktobernacht zurück. Die dunklen Berge über der Stadt werden kleiner. Die Festung Gibraltar verliert sich hinter einer Wolkenbank. Irgendwo in der Ferne knistert ein Gewitter. Dillys Telefon vibriert einmal, sie greift danach, und eine Nachricht von Frédérique nennt ihr das Hotel in Tanger, das sie aufsuchen soll – wieder das El Muniria. Mehr muss sie nicht wissen – sie wirft das Telefon ins Wasser. Scheiß auf eure Roaminggebühren, scheiß auf eure Bündeltarife.

Der Suchscheinwerfer eines Narco-Choppers stochert in der Schwärze des Himmels über der Meerenge.

Es liegt etwas sehr Schweres in der Luft – eine Spannung, die ihr den Atem stocken lässt –, und die Sterne sind nicht sichtbar. Vom Wasser her jedoch weht eine kühle Brise. Das Gewitter nähert sich mit seiner elektrischen Ladung.

An der Reling des Oberdecks lehnen reihenweise Raucher – wie man es dreht und wendet, die Marokkaner sind die größten Raucher auf dem Planeten, und Dilly gesellt sich zu ihnen und zündet sich eine an. All diese stummen Reisenden in genervten Selbstgesprächen. Die Musik drinnen spielt neben dem Takt.

Nun, da das Boot weiter hinausfährt, wird Algeciras langsam schwarz.

Wenn du dreiundzwanzig Jahre alt bist, gibt es Momente, da ist das Leben nur ein Film. Sie streift sich die alte Haut ab und wirft sie ins Wasser. In diesem Winter wird sie nicht aus Marokko zurückkehren. Vielleicht verbringt sie ihn in Essaouira und findet einen Jungen, oder ein Mädchen. Besorgt sich endlich ein paar eigene Hunde.

Und jetzt stellt euch mal ein zierliches Mädchen mit kurz geschorenem Haar vor, das nächtens mit den Hunden über einen winterlichen Strand läuft – sie ist knabenhaft flink –, und wenn sie nach den Hunden ruft, klingt ihre Stimme melodisch, beschwingt und eigentlich immer noch ziemlich nach Irland.

Auf der Nachtfähre nach Tanger kann sie die Vergangenheit verschwinden lassen. Im Terminal ist sie direkt an den Männern vorbeigegangen, während sie die Menge absuchten, und hat ihnen trotzig das Gesicht zugewandt. Mit ihnen zu sprechen, hätte bedeutet, eine Schutzwand einzureißen, die sie in drei schweren Jahren errichtet hat.

Das schwarze Wasser teilt sich und fließt hinter dem Boot glatt wieder zusammen.

Die Marokkaner rauchen und trinken flaschenweise Mahou-Bier, und jetzt, als Tanger sich im südlichen Dunkel als flache Lichterkette zu zeigen beginnt, reden sie leise miteinander.

Hier unten ist das ein schlimmes Jahrhundert. Es wird zu weiterer Auflösung führen. Dilly hat jetzt genug Geld, um sich von Frédérique freizumachen. Die Nachtfähre zieht pfeilgerade durch die See. Das hat etwas von einem militärischen Vormarsch, dem Übersetzen einer Armee.

Sie geht nach drinnen, steigt die hallende Eisentreppe in die Lounge der Fähre hinunter und ist sich der Blicke bewusst, die sie im Vorbeigehen auf sich zieht. Sie setzt eine ganz bestimmte Miene auf, und niemand, wirklich niemand, nähert sich dem zierlichen Mädchen mit dem blondierten, ausrasierten Haar.

Am frühen Morgen wird sie auf der Terrasse des El Muniria sitzen und mit den manierierten alten Engländern, die dort immer übernachten, Kaffee trinken und süße Teilchen essen. Vielleicht wird sie drei Tage warten müssen, vielleicht vier. Stoische Stunden. Das Licht wird, wenn der Sturm vorbei ist, leuchten, die Luft rein und klar sein. Über der Medina wird sie den Muezzin rufen hören und abends an der weißen Meeresfront die großen Vögel schweben sehen.

Jetzt atme, mach einen neuen Schritt, einen weiteren Schritt fort von der Vergangenheit.

Schreite hinaus in die knochenschmalen Gassen, die weißen Sträßchen des Labyrinths, und atme tief durch.

Atme und mach noch einen Schritt.

Glaubst du wirklich, dass sie das nicht war, Maurice?

Bin mir sicher, Charlie.

Trotz allem, was bei uns nicht stimmt, Moss? Wir haben so lang in die Scheiß-Masse Mensch gestarrt, dass uns schon das Hirn Streiche spielt.

Unsere gestörten kleinen Hirne zicken n bisschen rum. Das ist eigentlich alles, was mit uns nicht stimmt, Charlie.

Aber ne halbe Minute lang?

Hör auf.

Ich hab immer gedacht …

Ich hatte auch n schweren Verdacht, Charlie. Sie hatte so ne Art … Ich weiß nicht. Pose?

Ich hab mich irgendwie so gefühlt …

Ja.

Als ob meine Beine, als ob die …

Mir ist verflucht noch mal die Luft weggeblieben, Charlie. Um mal ganz ehrlich zu sein. Ich krieg immer noch keine. Sollte mich mal an den Tropf hängen lassen.

Scheiße, sie …

Wie die sich umgedreht und glatt durch uns durchgesehen hat, Charlie?

So ne Kälte … Wer immer sie war.

Ziemlich sicher wird sie's nicht gewesen sein.

Ich glaub ziemlich sicher, dass sie's nicht war. Es ist eben bloß unser …

Ich bin mir richtig sicher. Also, wir hängen jetzt schon so lang an diesem verfluchten Ort fest.

Halluzinationen. So weit isses mit uns gekommen. Wirklich n Trauerspiel.

Die madenzerfressenen kleinen Hirne zicken rum.

Und selbst wenn sie das war, Maurice?

Dann?

Muss man sich um das Mädchen keine Sorgen machen.

Stimmt, die wird schon klarkommen.

Ich hab Herzrasen wie n verdammter Windhund, Moss.

Ich weiß.

Du könntest mich glatt fesseln und sedieren.

Hör mir auf mit Sedieren, Charlie. Den Scheiß hab ich schon hinter mir. Das will ich nie wieder erleben. Auf gar keinen Fall.

Ein sorgenvolles Schweigen senkt sich herab – wieder mal geraten die alten Zeiten in Bewegung, arrangieren sich neu.

ZWÖLFTES KAPITEL

Es ist Kinoabend in der Klapse

In der Stadt Cork, April 2013

Es war einer dieser hektischen Aprilmorgen, an denen du gleich mit dem falschen Fuß aufstehst. Zu viel Stress lag in der Luft. Maurice Hearne war aus dem Haus in Beara rausgeflogen, und sie hatte versucht, Dilly gegen ihn aufzuhetzen – das alte Zwei-gegen-einen-Spiel, und dafür war er inzwischen zu geschwächt.

Schnell hatte er die Kontrolle über sich verloren. Die neue Jahreszeit pulsierte ihm heftig in den Drüsen. An den Lärchen, die (erigiert, arrogant wie Ärzte) den Weg zur Psychiatrischen Abteilung säumten, waren die Triebe obszön geschwollen – er konnte nicht wegschauen, sie sahen aus wie verfluchte Nippel. Es ist immer heikel, wenn die Welt wieder zum Leben erwacht.

Cissie, seine Mutter, führte ihn am Arm über das Gelände des alten viktorianischen Krankenhauses. Eine Woche hatten sie das Leiden gemeinsam ertragen. Tage der Tränen und des Zorns, Nächte des Wahns und eingebildeter Dämonen; die volle Dröhnung. Dann waren sie mit dem Taxi zu diesem seltsamen Ort hinausgefahren, aber eine Minute nach ihrer Ankunft erinnerte er sich schon nicht mehr an die Fahrt. Was ihn anging, hätte genauso gut ein Erdferkel sie hinchauffiert haben können.

Im Laufen redete seine Mutter beruhigend und ermunternd auf ihn ein. Ihre vogelgleich gespitzten Lippen produzierten feuchte kleine Schmatzgeräusche – wäre er kräftig genug gewesen, hätte er sie an Ort und Stelle erwürgt –, und ihre Seufzer an der kalten, klaren Luft förderten Leid von ganz unten zutage.

Die Erde erwachte und brach auf; es roch stark modrig, wie Hefe. Muntere weiße Blumen warfen den Kopf zurück wie Zirkusponys. Er war auf das Betreiben seiner Mutter hin in die Psychiatrie eingewiesen worden.

Komm, Moss, mit dir ist nichts verkehrt, Junge.

Halt dein verfluchtes Maul, Ma, ja?

Dies waren die schlimmen Zeiten. Cynthia sagte: Jetzt langt's, jetzt langt's. Dilly hatte sich in einen Haufen gärenden Kompost verwandelt. Er hatte seit zwei Jahren kein Wort mit Charlie Redmond gewechselt. Es gab Leute, die ihm noch immer nach dem Leben trachteten.

Die Sonne drang in schmalen weißen Bahnen zwischen den Lärchen hindurch, und seine Mutter verfiel in einen Zustand tiefer Erleichterung – er spürte, wie ihr Griff um seinen Arm sich lockerte –, als sie ihn die steinerne Treppe hinauf und durch die schweren Türen führte.

Die Nervenklinik.

Irrenanstalt.

Klapse.

Im Wartezimmer des Stationsarztes ergriff er, wie ein Kind, Trost suchend die Hand seiner Mutter.

Er war mehr als besessen von seinen Verbrechen und Exzessen – er war ihre magere Summe. Er wollte das alles zwar loswerden, aber Selbstmord kam nicht infrage. Er konnte sich der Welt nicht aus freien Stücken entziehen. Er war beinahe sechsundvierzig und würde es eben verflucht noch mal aussitzen müssen, wenn das Schicksal nicht dazwischenfunkte.

Der Stationsarzt gehörte zum an solchen Orten gängigen Typus – ein untersetzter, lachhafter alter Bürohocker, der verrückter aussah als Napoleon.

Kriegen Sie mal Ihr Gesicht unter Kontrolle, Doktor, sagte Maurice.

Aber, aber, Moss, sagte seine Mutter.

Der Arzt spitzte amüsiert die Lippen.

Vergib mir, Vater, denn ich habe gesündigt, sagte Maurice. Mein letztes Hühnchen-Dinner ist achtundzwanzig Tage her.

Er konnte hören, was die Hunde hörten. Und es deuten. Er konnte die unscheinbarsten Dinge riechen – etwa das muffige Leder an den Sohlen der ochsenblutfarbenen Budapester des Arztes.

Möglicherweise befinden Sie sich im Zustand erhöhter Erregung, Mr Hearne? Im Augenblick?

Scheiße noch mal, ja, sagte er.

Maurice, sagte seine Mutter, hüte deine Zunge.

Schon gut, Mrs Hearne.

Behutsam, mit den Fingerspitzen, nahm der Arzt ein Formular vom Schreibtisch.

Sind Sie bereit, die Einweisung zu unterschreiben, Maurice?

Ich bin bereit, der Einweisung auf den Buckel zu springen, sagte Maurice, und ihr Koseworte zuzuflüstern.

Schon wieder redet er solchen Quatsch, Herr Doktor. Du bist verwirrt, Mossie. Achten Sie nicht auf sein dummes Geschwätz, bitte.

Er schmierte die Buchstaben mit stolzen Schnörkeln auf das Formular. Dann hielt er es sich vors Gesicht und besah sich die beiden krakeligen Wörter auf Armeslänge – dies waren die versammelten Fakten zu seiner Person.

Jetzt ruhst du dich mal richtig aus, sagte Cissie. Du wirst dich nicht wiedererkennen, Maurice.

Soll ich Ihnen meine Krankheit mal ausbuchstabieren, Doktor?

Ach, Moss …

H. E. A. R. N. E.

•

Eine dreitägige Sedierung war der erste Schritt, aber er war so aufgedreht, dass es ihm schwerfiel, unten zu bleiben. In dem schmutzig weißen Zimmer war er mal bei sich, mal nicht. Er trieb auf einer Art Meer. Einmal wachte er mit der überraschenden Erkenntnis auf, dass er ein Krimineller war – es war das erste Mal in seinem Leben, dass er sich als solchen betrachtete.

Aber durch das Stück Himmel draußen sah er die ersten Schwalben des Jahres jagen und schnell ihre unsichtbaren Fäden ziehen, die, wie er wusste, die Welt zusammenhielten.

•

Langsam, während die Tage verstrichen und die Dosis gesenkt wurde, gelangte er aus einem bleiernen, traumartigen Zustand in einen ruhigeren, wacheren. Die Jahre waren ineinander übergegangen, vom einen ins nächste. Mal hatte er für seine Ehe gelebt, mal dagegen; seiner Liebe hatte das keinen Abbruch getan. Er hatte vierzehn Wohnungen in Budapest erworben und sie mit riesigem Verlust wieder verkauft. Er hatte, mit Charlie Redmond, anderthalb Tonnen marokkanisches Haschisch verlegt. Es war nie wieder aufgetaucht. Auch für oder gegen Charlie hatte er gelebt. Der saisonale Wandel war unerbittlich; die Jahre überschlugen sich. Das hier war ein verflucht schlechter Scherz von einem Leben. Und verflucht schön. Sie haben uns nie erwischt – das war entscheidend.

Jetzt vernahm er eine Stimme – eine brüchige, ländliche Stimme –, und nach einer Weile ging ihm auf, dass es eine echte, keine innere war und dass sie aus dem Bett neben seinem kam. Es standen nur zwei Betten in diesem Raum, sobald er die Kraft hatte, sich dem anderen zuzuwenden, tat er es, und er sah die hingestreckte Gestalt eines Mannes, der nach einem alten Bauern aussah.

Irgendein Unglückseliger, den sie im Hügelland des Countys eingesammelt haben, weil er so lang dem Regen gelauscht hat, bis er den Anweisungen der Stimmen darin gefolgt ist.

Der Alte lag auf einem nass gesabberten Kissen, sein Blick wurde von dem grauen Stück Himmel angezogen, von dessen kargem Licht, und er formte Worte auf seinen gesprungenen Lippen, Anklagen, wie es klang.

Wenn ich nicht selber genug Sorgen hätte, dachte Maurice Hearne und empfand Mitleid mit dem Alten.

Im Verlauf dieser Apriltage, als seine Kraft zurückkehrte, als er um vier Uhr nachmittags gekochte Eier zu essen und becherweise starken Tee zu trinken begann, brachte Maurice es fertig, sich vom Bett zu erheben und sich – endlich, unvermeidlich – der Prozession auf dem grünen Korridor anzuschließen, und es war, wie er feststellte, durchaus nicht gänzlich freudlos, einen schleppenden Fuß vor den anderen setzen zu können und mal nicht mit sich selbst im Clinch zu liegen.

Diesmal war es schlimmer gewesen als 99, schlimmer sogar als 2004, als er sich in Tanger das Auge aufgeschnitten hatte. Aber jetzt kam er langsam wieder zu sich – als stiege er durch bewegtes Wasser auf –, und es wärmte ihn eine der tröstlichsten Einsichten: Nichts wirklich Schreckliches dauert wirklich lang.

Auch der Bauer erholte sich. Nach zwei Tagen setzte er sich im Bett auf und bat um Tee und den Examiner. Diese alten Knacker haben ein feines Gespür für ihr inneres Wetter – um seinen Mund spielte eine stille Befriedigung, die zeigte, dass er wusste, der Sturm hatte sich gelegt. Sie begannen, miteinander zu sprechen.

Kiwis, sagte der Alte in vertraulichem Ton.

Noch mal?

Kiwis, sagte der Bauer, sind n Allheilmittel gegens Überschnappen.

Tatsache?

Hab ich in der Zeitung gelesen. Hat die Wissenschaft rausgekriegt. Eine am Tag, und du bist genauso gut beinander, als würdest du die Pillen schlucken.

Der Bauer wurde vor Maurice in die freie Welt entlassen, was einen verfluchten Scheiß über gar nichts aussagte. Maurice marschierte über den grünen Korridor. Seine Mutter stattete ihm redselige Besuche ab, und es war, als wäre nichts passiert, als wären sie nicht noch ein paar Nächte zuvor zusammen auf den Ringen um den Saturn geflogen. Mit Cynthia telefonierte er.

Du wirst schon wieder, sagte sie. Ist auch ne gute Zeit dafür, weißt du? Zeit, dass du mal allein zurechtkommst, Maurice.

Kann ich das Mädchen sehen?, sagte er, und sie antwortete nicht.

Eines Morgens, nach einem langen, traumlosen Schlaf, wachte er auf und fand einen neuen Nachbarn im Bett nebenan, eine lange, dünne Gestalt, die sich wütend in einer drogeninduzierten Fugue wälzte.

Es war Charlie Redmond.

Natürlich konnte man einen Gangesvoll Lithium in Charlie Red reinpumpen und ihn damit trotzdem nicht erden.

Maurice sah – mit dem vertrauten liebevollen Amüsement – zu, wenn Charlie aus dem Bett aufsprang, wie ein Fleisch und Knochen gewordener menschlicher Schrei durchs Zimmer tigerte, mit wie an Stängeln hängenden Glubschaugen, blutleerem, verzerrtem Gesicht und zuckenden Knien, während der arschlose Kittel hinter ihm herwehte. Die diensthabende Nightingale kam immer wieder mit hoffnungslosen Appellen rein und versuchte, ihn ins Bett zu kriegen.

Vertrau ihr, Charlie, sie ist Pflegerin.

Aber wenn Charlie Red da war, war er doch zugleich nicht da. Zwar hatte er die Augen geöffnet, aber sie erkannten nichts; manchmal sah er Maurice inmitten eines Anfalls an, aber nur wie eine Erscheinung.

Sah ihn an, als läge der Geist von Banquo im Bett gegenüber.

Maurice hielt Wache, als sein lädierter Freund aus dem Nebel auftauchte, und er war da und setzte ein schlitzohriges Lächeln auf, als Charlie die Augen aufschlug und sie ernsthaft scharf stellte.

Wie wär's mit nem Kissen überm Gesicht, Charles?

Moss?

Immer zu Diensten, alter Kumpel. Und ich glaub, ich hätt auch wieder die Kraft dazu in den Armen.

Wie durch ein langsam fokussierendes Zoom nahmen die Tage Kontur an. Auch die Nächte klarten auf. Die Männer fanden ins Gespräch zurück, und auch zur Kumpelei.

Wie geht's dir denn so allgemein, Maurice?

Bin total fertig, Charles. Und selbst?

Auf ganzer Linie scheiße.

Sie redeten gegen die Langeweile und die Angst an. Ihre Pillen warfen sie mit Gusto ein – hier kommt das Glückstablett, sagte Charlie Redmond –, und um das Fernsehzimmer schlugen sie einen Bogen.

Das wär doch einfach bloß scheiß-deprimierend, sagte Maurice.

Im Fernsehzimmer, da würdest du dich gleich aufhängen, sagte Charlie.

Wir könnten uns ja nen Laptop mitbringen lassen, oder, Charlie? Mit nem WiFi-Adapter? Uns Zeug anschauen?

N Laptop? Ich schau mir hier bloß meine Schuhspitzen an, Moss.

Sie ließen sich einen Laptop mitbringen. Streamten olle Kamellen. Ließen sich von der Nostalgie forttragen. Dies waren ereignislose Abende in der Klapse. Sich dahinschleppende Aprilabende, eine grausame Strafe. Sie sahen sich nochmals *Rumble Fish* an.

Den hatten sie mit sechzehn oder siebzehn zum ersten Mal gesehen und dann immer wieder, bis das Band der VHS-Kassette ausfranste und sich Schnee über den Film legte, ein monochromer Traum von Gewalt, Tod und hoffnungsloser Bruderliebe. Der Motorradtyp und Rusty James, und die Lichter von Tulsa brannten kalt über allem, und ihre eigene Welt ließ sich in diesen Umrissen nachzeichnen.

Sie vertickten Dope auf der Barrack Street. 1983. 1984. En gros gekauft von einer Familie mit neun Brüdern aus einer Siedlung in Mahon. Alle neune hörten auf den Namen Sox. Maurice und Charlie bunkerten ihr Dope hinter dem Kreuz an der Wand des Leichenhauses, unter der Haube eines verlassenen Autos auf der Evergreen Street, unter dem Kniekissen eines Beichtstuhls. Sie gingen so häufig in der Kirche ein und aus, dass der Pfarrer unter der Woche abends abzuschließen begann.

Betet zu Hause, sagte er zu den klagenden Witwen, den Schwerkranken, den im Übermaß Verdrossenen.

Mit den Gebrüdern Sox gab es Geld- und Lieferprobleme. Die Drohbesuche mit Hund häuften sich. Maurice und Charlie stellten Verbindung zu einem Soldaten aus den Collins-Kasernen her. Die Soldaten flogen immer wieder zu Friedensmissionen in den Libanon und kamen undurchsucht zurück. Bald nahmen Maurice und Charlie Viertelkiloplatten krümelweichen Libanesen in Empfang.

Da brauchte man nicht mal das Feuerzeug dranhalten, Moss.

Wie der einfach zerbröselt ist, Charlie? Toll.

Der rote Libanese aus der Barrack Street war das Beste, was man in der Stadt kriegen konnte. Entsprechend gab es Ärger. Hasserfüllte Hunde kamen ins Spiel, Brecheisen,

Messer. Charlie Redmond wurde in den Kofferraum eines Wagens verfrachtet und auf ein Feld hinter Kanturk rausgefahren.

An dem Abend hab ich Haare auf der Brust bekommen, sagte er, während sie in der Klapse gekochte Eier aßen.

Geld floss; das steigerte den Ehrgeiz. Dope brachte Mädchen und Geld. Am Tage Sehnsucht und in der Nacht Gewalt.

Dilly durfte zu Besuch kommen. Da saß sie in ihrem scheckigen Outfit mit den Dreadlocks, zwirbelte an den Spitzen herum und blickte auf.

Aber im selben verdammten Zimmer?, sagte sie.

Ihr gediegener kleiner Akzent war herzzerreißend.

Wie das Schicksal und das Glück es wollten, Dill.

Ich und dein alter Herr, Dilly? Stand uns in die Sterne geschrieben.

Wir denken schon drüber nach, zusammen durchzubrennen, sagte Maurice.

Wir könnten auf Teneriffa ne Bar aufmachen, Moss. Vielleicht wären wir da sehr glücklich. Hängen unser Schild raus. Heute Abend Tanz.

Sie schaute vom einen zum anderen und wieder zurück. Machte sich ganz klein, zog die Beine an – Dilly hatte schon immer ein kompliziertes Verhältnis zu Möbeln gehabt und brauchte eine Weile, um es sich irgendwo gemütlich zu machen. Ihr las man das innere Wetter tatsächlich an der Nasenspitze ab. Glück brachte dort eine sanfte Röte zum Vorschein; wenn sie jedoch Angst hatte, wurde die Spitze weiß; und jetzt hatte sie Angst.

Dieser Laden hier?, sagte Maurice, als er ihre Verzweiflung sah. Ist gar nicht so schlimm, wie die Leute vermuten, Dilly.

Gib uns noch ne Woche, und wir übernehmen ihn.

Diese Glückspillen lüften uns anständig durch.

Hier fahren sie richtig ernsthaften Shit auf, Mädchen. Jeden Morgen und Abend ne Tour den Korridor rauf und runter.

Aber im selben Zimmer?, sagte sie.

Haben die Sterne so arrangiert, sagte Maurice. Wie geht's deiner Mutter, Mädchen?

Ach, so du weißt schon.

Ja, weiß ich.

Dilly spielte mit den Spitzen ihrer geflochtenen Locken, drehte und wendete eine, kaute einen Moment lang darauf herum, zog die Beine noch mal enger an. Sie musterte die Männer in ihren identischen Betten, in ihren babyblauen Kitteln, mit ihren schlaffen, ruhiggestellten Mündern und den verzweifelten Augen, und sie konnte sich ein Lächeln nicht verkneifen, während sich ihre Nasenspitze sanft rötete.

Meine persönliche Meinung?, sagte Charlie. Bob Marley hätte hingehen und sich den großen Zeh gleich ganz abhacken sollen.

Dann wär er heute noch unter uns, sagte Maurice. Und quicklebendig.

Schau, Dilly, nur weil er n Rastafari war, hat er sich den Zeh nicht abnehmen lassen. Dann breitete sich die Infektion aus, und das war's in groben Zügen.

Ich habe ja nur ein paar Dreads, sagte Dilly. Und ich glaube nicht an Rastafari. Und eigentlich stehe ich auch gar nicht so auf Bob. Obwohl ich *Duppy Conqueror* irgendwie gern mag.

Obercool, sagte Maurice. Wen hörst du sonst?

Ich weiß nicht … Lee Scratch Perry?

Nie von gehört, sagte Charlie. Oder warte mal? Ist das nicht dieser Metzgerlehrling aus Mayfield?

Genau der.

Wie kommst du denn mit der guten alten Gottesfrage voran, Dill?

Nichts, worüber ich mir allzu sehr den Kopf zerbreche, Da.

Aber ne Weile hat die dich doch ziemlich absorbiert, oder?

Ganz kurz. Jetzt nicht mehr.

Warte, bis sie dich mal in nen Schuppen wie den hier verfrachten, sagte Maurice. Da kannst du jederzeit anfangen, ins Spirituelle abzudrehen.

Hast du das Münztelefon draußen im Korridor gesehen?, sagte Charlie. Da wirfst du fünfzig Cent rein, dann kriegst du drei Minuten mit dem Großen Boss. Discountrate für Leute mit nem Hang zum Übersinnlichen.

Folgst du dem auch, Charlie?

Tag und Nacht, Mädchen. Hast du Kleingeld?

Was hat er zu dir gesagt?

Dass ihm n Engel abgeht.

Ach komm, Charlie.

Sie machten es sich zusammen gemütlich. Stellten den Laptop auf einen Stuhl zwischen den zwei Betten, sie setzte sich bei Maurice auf den Bettrand, und dann schauten sie sich wieder *Rumble Fish* an.

Meine bescheidene und ehrliche?, sagte Maurice. Wahrscheinlich sehen wir hier Francis Ford Coppola in seiner besten Stunde.

Du meinst Sophias Dad?, sagte Dilly.

Die Männer wechselten einen schmerzerfüllten Blick.

Sie kennt ja nicht mal diese Schauspieler, sagte Charlie. Aber davon ganz abgesehen, wenn ich mir das so anschau … Bin das ich selbst, oder war ich in jüngeren Jahren so n bisschen der Matt-Dillon-Typ?

Du warst die Zwiebel, aus der er erblüht ist, Charlie. Aber zurück hierher. Hast du Mickey Rourke letzthin mal gesehen?

Ich glaub, ich hab ihn im Achter die MacCurtain Street rauffahren sehen. Saß ganz oben rechts, direkt überm Fahrer.

Er hat sich erschreckend gehen lassen.

Hat er, ja. Sie mussten ihn auch fast rausschmeißen aus dem Achter.

Maurice brachte sie durch den Korridor hinaus und legte ihr den Arm über die schmale Schulter.

Von diesem Gerede über Spanien will ich aber nichts mehr hören, sagte er.

Da? Ich bin fast achtzehn.

Aber ich würde dich vermissen.

So ist das Leben, sagte Dilly. Scheiß drauf.

Dilly? Ich will dich noch ne Weile in der Nähe haben, weißt du? Und jetzt komm … Du weißt doch, dass ich dich liebe, oder?

Ach, Da. Bitte? Also im Ernst?

Ich weiß schon. Okay.

Diese letzten Tage in der Klapse. Da lagen sie nebeneinander in ihren identischen Betten, und eines späten Morgens ergab sich ein Moment, der es erlaubte, die Worte auszusprechen –

Weißt du, dass ich denke, das Mädchen könnte auch von mir sein, Maurice? Also, zumindest wär's ne Möglichkeit.

Weiß ich, Charlie. Weiß ich doch.

DREIZEHNTES KAPITEL

Cynthia und Dilly – die stille Geschichte

In Cork und auf Beara, April 2013 bis August 2015

Sie ging mit ihrer Mutter durch die aprilige Stadt. Die Vögel wippten auf verfluchten Springfedern. Dillys schlechtes Gewissen zeigte sich in der Leichtigkeit ihrer Schritte, im befreienden Gefühl, die Mauern der Klapse hinter sich gelassen zu haben.

So was geht einem schon nah, sagte Cynthia. Tut mir leid, dass du da durchmusstest. Wie sehen sie aus?

Verrückt.

Das soll vorkommen in der Irrenanstalt.

Sie schauen sich *Rumble Fish* an …

Himmel noch mal.

… und sprechen jeden Dialog mit.

Sie kriegen sich einfach nicht in den Griff, oder?

Nein.

Und wie genau ist der Lulatsch da gelandet?

Sie sagen, es stand ihnen in die Sterne geschrieben.

Klar, sieht ihnen ähnlich, ja.

Schicksal und Magie et cetera.

Wenn sie einander nicht erwürgen, sagte Cynthia, ist das ein Erfolg. Aber sie sind schon raumgreifend, was?

Ja, das sind sie.

Ist dein Vater immer noch so sprunghaft?

Wie meinst du das?

Also dass seine Gedanken, weißt du … in merkwürdige Richtungen abdriften?

Wir reden hier von Maurice. Wann tun seine Gedanken das verflucht noch mal nicht? Sie sehen beide irgendwie … ich weiß nicht. Ruhiggestellt aus? Blass.

Na ja, sie sind eben im verdammten Irrenhaus, oder? Lass uns weitergehen und irgendwo ein Teilchen essen, ja?

Sie gingen ins Crawford. Aßen Karottenkuchen mit Schlagsahne und tranken Americanos. Die unergründliche Ungezwungenheit der Gesichter um sie herum, das nichtssagende Geplauder – nein, wir sind nicht wie andere Familien. Dilly warf ihrer Mutter einen herausfordernden Blick zu. Cynthia senkte ihre Tasse.

Hast du sie jemals gewalttätig erlebt?

Ach, Himmel, Dilly, bitte.

Und?

Wie kommst du denn jetzt darauf?

Ich weiß nicht.

Warum fragst du mich so was? Nein, hab ich nicht.

Das glaub ich dir nicht.

Dann glaub doch, was du willst, verdammt.

Ihre Mutter bemühte sich um einen möglichst ausdruckslosen, leeren Blick, aber ein verborgenes Grinsen zog ihr die Mundwinkel nach oben.

Okay, sagte sie.

Okay was?

Einmal hab ich gesehen, wie Maurice auf der Washington Street so einem jungen Burschen eine aufs Maul gehauen hat.

Wann war das?

Ach Gott, ich weiß nicht. So ungefähr … 93, 94? Ich weiß noch, dass es vor der Pot Black Poolbar war.

Der was?

Vor deiner Zeit.

Und da ging es um Drogen?

Nein … ich glaube, da war irgendeine dumme Bemerkung über seine Schuhe gefallen.

Seine Schuhe?

Soweit ich mich entsinne.

Und war das … sehr brutal?

Ich glaube schon. Es war irgendwie, weißt du … ein bisschen ekelerregend.

Du hast zugeschaut?

Tja, ich war nun mal dabei, verdammt. Was hätte ich machen sollen? Es war furchtbar. Erschreckend. Und ich erinnere mich, dass ihm das Herz noch eine Stunde später bis zum Hals schlug. Und … ach, ich weiß nicht.

Was?

Es war auch ein bisschen geil. Wenn ich ehrlich sein darf.

Ach, Himmelherrgott, Ma.

Du hast gefragt.

Sie gingen auf den Englischen Markt. Dort schienen alle frohgemut und mit sich im Reinen. Cynthia kaufte Oliven,

Seeteufel und Sauerteigbrot, ein Tütchen Kaffeebohnen und Fenchelknollen. Der Fenchel sollte ihren Magen beruhigen. Der brannte in letzter Zeit empfindlich.

Machen wir uns mal auf die Socken, bevor dieser Fisch hier anfängt, mit uns zu sprechen, Dilly, sagte sie.

Sie nahmen die Nebenstrecke nach Beara. Die Landschaft versuchte, die letzten Winterreste abzuschütteln. Cynthia kaute auf einem Stück rohen Fenchels, und ihr anisierter Atem wehte durchs Auto. Ist sie noch schön?, fragte sich Dilly mit einem leise gekränkten Seitenblick. Immerhin hatte sie eine Haut, bei der man vor Neid glatt gelb anlaufen konnte, so klar war sie. Wie einundvierzig sah sie jedenfalls nicht aus. Sie hatte schöne, traurige Augen. Einen Mund, der sie wirklich verflucht lebhaft wirken ließ, wenn sie lachte, aber sie lachte nicht oft. Meist sah sie aus, als lebe sie in einem Zustand anhaltender Fassungslosigkeit gegenüber der Welt. So nach dem Motto: Was zum Teufel willst du mir als Nächstes zumuten?

Wir haben alle viel durchgemacht, sagte Dilly.

Wo kommt das denn jetzt her?

Ach, scheiß drauf.

Zu Beginn und zum Ende einer Liebe gibt es einen Stich der Erkenntnis, und beide Male flößt er Furcht ein. Sie würde ihn nicht wieder ins Haus lassen. Der lange Krieg war endlich vorbei. Der Vernichtungskampf zwischen Maurice und Cynthia. Über zwanzig Jahre hatten sie ihn geführt. Die Schlaflosigkeit und die Pein der langen Abwesenheiten, die Gefühlswallungen, das jähe Abwenden des Glücks, das endlose Flehen, das langsame Einlenken, die goldenen Zeiten morphinen Himmels, die Grausamkeit auf beiden Seiten, die Schocktaktiken und die schwindelerregende

Freude ihrer ausschweifenden Versöhnungen im Bett – all das war abgehakt. Der Sommer kam langsam und freundlich und erleuchtete die Halbinsel. Die Tölpel stürzten sich auf die Schwärme junger Makrelen. Oben auf den Klippen wucherten Sandglöckchen, Hornklee, Margeriten. Die Skelligs saßen träumend fernab im Junidunst. Cynthia rechnete endlich mit ein bisschen Frieden, aber die Wahrheit war, dass sie sich fühlte wie ein verdammter Hundearsch.

Spätabends drangen Stimmen vom Strand herauf. Sie tauchte aus den Untiefen eines flachen, morbiden Schlafes auf, und die Schurken aus ihren Träumen wurden abgeführt. Die Jugend, zumindest wer sich zu jener Jahreszeit dieser verschworenen Gemeinschaft zugehörig fühlte, war zum nächtlichen Spiel an den Strand gekommen. Man trank und lachte und vögelte im Sand. In den Nächten wirkte der alte Meeresrand berauschend.

Cynthia stellte ihre knochigen Füße auf den Boden und ging, düster vor sich hinmurmelnd, ans Fenster. Das neue Haus, wie sie nach fünf Jahren darin noch immer darüber dachte – Glas und Stahl und ein Blick über die Bucht, gebaut, als sie kurzfristig im Geld der Erlöse von Ard na Croí geschwommen waren. Von diesem Ort aus wollten sie die Stürme nahen sehen. Hier wollten sie wenig trinken. Nicht über die Verheißung des Heroins nachdenken. Oh, Maurice, was haben wir einander nur angetan?

In der dunklen Scheibe registrierte sie finster ihren eigenen Blick – Himmel, ich sollte wirklich mal was mit meinen verdammten Augen machen, oder? Sie wandte sich von der Spiegelung ab – vom grauen Spukgespenst ihrer selbst –, aber dann zog etwas sie wieder hin, und sie machte kehrt –

Das Komische war, dass sie merkwürdig gelassen aussah, und da wusste sie, diesmal würde die Trennung von Dauer sein.

Dies war der Sommer, in dem Dilly spätabends die Welt zu erkunden begann und allein auf den verlassenen Landstraßen unterwegs war. In einer Sommernacht, in der noch nach Mitternacht ein Silberstreif den Horizont erhellte, am entfernten Ende der Halbinsel zu sein – das war wie in einem traurigen Film über eine Insel im Norden. Wenn du irgendwie weißt, dass du dich gerade von alldem verabschiedest. Wie hübsch diese leeren Straßen nachts doch waren. Die Farne in den Gräben, die sich kaum bewegten und doch in der warmen nächtlichen Brise atmeten, wie es schien, ja sogar sprachen.

Cynthia sagte –

Du bist eine verdammte Traumtänzerin, Dilly. Das weißt du aber schon, oder?

Ein weiteres Jahr verging. Ein weiterer Sommer trapste von Süden herbei. Sie saßen im nächtlichen Garten und tranken. In Wahrheit war es nur ein felsiges kleines Stück Land über der Bucht – ein Garten wurde es nie bei ihrer Mutter. In der Nähe des Grabens stand ein einsamer Baum, ein von den Seewinden verdrehter Zwerg, dessen verkrüppelte Äste wie Hexenfinger aussahen. Gegen die Sommernachtsviecher, die Kriebelmücken, die vor allem hinter dem Blut im Hals her waren, wurden Fackeln angezündet. Charlie Redmond saß in seinem geparkten alten Mercedes ein Stück die Straße runter, beobachtete rauchend das Haus. Jedes Jahr wurde es immer noch scheiß-verrückter. Sie saß mit ihrer Mutter zusammen, sie tranken eine Flasche Rosé, und dann machten sie noch eine auf.

Wir sollten reingehen, Dill.

Wenn wir reingehen, sehen wir nicht, was er macht.

Wird schon nichts sein. Wir müssen was essen.

Es geht ihm nicht gut, Ma. Schau dir doch sein Gesicht an?

Er ist schon in Ordnung. Nudeln mit Pesto geht doch immer?

Wie die Stationen auf dem beschissenen Kreuzweg.

Ich weiß, aber das lässt sich fix zubereiten. Eigentlich wollte ich Hühnchen machen. Oder Fisch. Mir Mühe geben. Ich wollte einen ganzen Fisch backen. Mit ein bisschen Salat. Nudeln mit Pesto deprimiert uns nur wieder zu Tode.

Er sitzt noch immer da unten.

Er ist harmlos, Dilly. Er glaubt bloß, er passt auf uns auf.

Oktober. Der Monat schräger Schönheit. Messer der Melancholie silbern von der See hereingeschleudert. Die Berge träumten vom bevorstehenden Winter. Der Morgen tönte heiser aus den Höhlen der Bucht. Die Vögel flippten wieder aus. Wenn sie in Bewegung blieb, Hacke vor Zeh, einen Fuß vor den anderen setzend, von einem Ende des Zimmers zum anderen, blieb die Übelkeit auf einer Seite. Zischte nur von dieser Seite aus ihre tückische Drohung zu ihr hinauf. Der Schmerz war gelblich gefärbt, heftig und reichlich gruselig. Inzwischen wusste Cynthia, dass sie sehr krank war.

Dilly ließ sich im Bett zurücksinken. Sie erlaubte ihrer Hand, abwärts zu kriechen, und träumte von ein paar Dingen. Schulter. Schenkel. Eine namenlose Liebe. Eine augenlose. Die Wintertage reisten grau über die flächige See. Sie zog die Zehen an, hielt die Spannung und wünschte sich die Kälte aus den Knochen. Eines Tages lebe ich in der Wüste, dachte sie. Da könnte ich in einem Zelt aus Ästen wohnen, mir vielleicht einen Hund zulegen oder zwei, und vielleicht gibt es auch jemanden, mit dem man sich nach

Einbruch der Dunkelheit verabreden kann, irgendeine lange, pferdegesichtige Kreatur aus einem Mythos, mit Schlangenschwanz und verdorbenem Lächeln, ein Liebhaber, so stürmisch wie die Nacht. Wie die kühle Wüstenluft, die unsere Liebe umstreicht.

Sie schwang die Beine unter der Decke hervor. Sie war neunzehn Jahre alt und besessen von Jack Nicholson in *Ein Mann sucht sich selbst* (dem schwer Beeinträchtigten), von den mystischen verlorenen Aufnahmen aus Lee Perrys Black Ark Studio und von einer Webcam, die den gespenstischen Blick von einer Autobahnbrücke auf eine verlassene Vorstadt von Tokio zeigte. Sie mochte das Gefühl von gebürstetem Beton unter ihren nackten Füßen, wenn sie die Treppe hinunterstieg. Es war genauso geil, wie wenn Geld reinkam.

In der Küche saß Maurice mit seinem Grasverdampfer in dem knöchernen Korsett seines Lächelns; er sah erbärmlich aus und grün, ein kranker Eidechsenprinz. Charlie lag fötal eingerollt auf dem Sofa.

Na, na, sagte sie.

Tröstend strich sie Maurice mit den Fingerspitzen über den Nacken. Es durchfuhr ihn wie ein Zucken unter einer dünnen Peitsche oder eine Kontraktion am Stromkabel. Sie wusste, dass er litt. Schon indem sie Maurice ansah, konnte sie sich in die weiße Glut seines Leidens hineinversetzen.

Deiner Mutter geht's prima, Mädchen, sagte er. Ich war wieder im Krankenhaus.

Fantastisch geht's ihr, sagte Charlie.

Also die Behandlungen, die sie da heute vornehmen? Wenn du drüber nachdenkst?

Maurice schüttelte ehrfürchtig den Kopf.

Unglaublich, sagte er.

Die Geräte, die sie da in den Krankenhäusern haben heutzutage?, sagte Charlie. Als wär das Raumschiff Enterprise direkt im Kreiskrankenhaus von Cork gelandet.

Sie kämpft gegen dieses Ding an, sagte Maurice, und sie wird es Scheiße noch mal verflucht besiegen. Das weißt du doch, Dilly, oder?

Die Monate vergingen. Diesmal gab es kein schlechtes Gewissen. Der Sommer kam, und Dilly wusste, es war der letzte, den sie auf der Halbinsel verbringen würde. An den Juniabenden unternahm sie lange Spaziergänge, damit sie nicht in Panik geriet. Wenn es richtig dunkel wurde, lief sie an den Klippen entlang. Im Laufen spürte sie dort ältere Präsenzen. Ein kalter Hauch ließ Dilly erkennen, dass sie hier ihre Feuer entzündet, hier ihr Vieh grasen lassen und hier ihre Strandschnecken und Austern aus der Schale gegessen hatten, und sie hatten dieses brennende Salz auf den Lippen, spürten den gleichen alten Regen, stießen ihr Liebes- und Kriegsgeschrei aus und zogen in Horden umher; hier wurden ihre kleinen Reiche aufgebaut und wieder auseinandergenommen; nächtens hatten in unserem Tal die Wölfe geheult.

Sie ging ins kalte Meerwasser. Ein lebhaftes Licht bewegte sich über der Bucht. In weiter Ferne tuckerte ein Fischerboot. In der letzten Hitze des Tages aalte sie sich eine Weile auf den Steinen. Fand ihr Gesicht im Spiegel eines flachen Felsentümpels. Es war traurig, proletarisch, selbstherrlich, prachtvoll.

Weiter unten am Strand zeichnete eine Familie beim Spiel Muster in den tintigen Dunst – junge Eltern, zwei kleine Kinder, ihr Geplauder.

Der Saum des Horizonts am Ende der Bucht verdunkelte sich.

Es würde ein sommerlich verregneter Abend werden.

Bull, Cow und Calf waren geisterhafte Spuren im Meeresdunst.

Dazu das Muster der Geräusche, die die Familie unten am Strand beim Spiel machte – Gekreisch, sanfte Überredung, Vorwurf.

Am Morgen sollte ihre Mutter aus dem Krankenhaus nach Hause entlassen werden – alle Behandlungen hatten versagt.

Ich warte das nicht bis zum Ende ab, Dilly.

Ach, Mam.

Weißt du, was ich damit meine?

Bitte, sagte sie.

Dilly, ich muss gehen. Weißt du, was ich dir damit sagen will, Liebling?

Ach, Herrgott.

Dilly, was du wissen solltest? Du kannst nicht bei ihnen bleiben. Du musst weg und darfst nicht wiederkommen. Noch ist ein bisschen Geld da.

Ich will dein Scheiß-Geld nicht.

Ertrinken zieht Ertrinken nach sich – die Annalen, die Sagen und Märchen sind voll davon. Sein Vorkommen folgt Mustern, es ballt und häuft sich. Die Inselrasse hatte ein angeborenes Talent in diesem Genre.

Eines späten Nachmittags saß Cynthia da, sah auf die Bucht hinab und trank ein Glas Holunderblütensaft, den sie mit einem Schuss Hendrick's Gin nur ein bisschen angeschärft hatte. Der leise Gingeschmack an den Rändern verschaffte ihr dieses Scheiß-drauf-Gefühl. Dieser Moment ist so gut wie jeder andere.

Der Schmerz würde nicht nachlassen.

*

In dem lang gestreckten Zimmer über der Bucht saß Dilly auf dem Sofa. Vor ihr ein Wachmann mit der Kappe in der Hand, sodass eine mönchisch kahle Stelle zu sehen war, dazu ein Ziviler von der Kripo und ein Arzt. Sie wuselten irgendwie betreten herum, sahen sich selten in die Augen und packten, wie war noch gleich der Ausdruck, die Samthandschuhe aus.

Haben Sie heute schon mit Ihrem Vater gesprochen?

Das nicht.

Haben Sie seine Nummer?

Er hat verschiedene.

Die Blaulichter der Einsatzwagen waren die Küstenstraße entlang und über die Klippen gewirbelt.

Das Rettungsboot war aus Berehaven ausgelaufen, aber es kam keine Nachricht, und in der Nacht sollte das Wetter schlecht werden.

Ihre Leiche würde nicht gefunden werden.

*

Sie verließ den Ort im ramponierten Saab ihrer Mutter. Nahm die Straße am Meer entlang. Ein Reiher stand Wache am Flachwasser. Über düsterem Meereslicht hielt er Ausschau nach Bewegung. Er stand priesterlich still und drehte den Kopf mechanisch wie über einen Uhrwerkzahnkranz. Ihr Herz spielte verrückt. Es war dabei zu zerbrechen.

Die Flanke der Halbinsel zog sich parallel zur Straße dahin. Der Berg schluckte das Abendlicht und glühte kränklich. In einer Grotte am Wegesrand war die Blaue Jungfrau ausgestellt. Für die Seelen der motorisierten Toten. Gegen zehn kam der Mond heraus und rührte sie seltsam an. Ein strahlender Spätsommermond. Ein xantisch zu nennender Mond. Sie hielt an und ließ das Fenster herunter, um den Atem der See zu hören; eine späte Motorsense jaulte auf einer hoch gelegenen Weide; irgendwo bellte auch eine Fähe. Auf der gerippten Meeresoberfläche hinterließ die schwindende Abendsonne knochenweiße Stellen. Die Hügel wiederum erschauderten königlich. Es war kurz vor dem Anbruch der Nacht und wieder ach so still. Im Nu erschienen die Sterne – ein von ordentlichen Neutronenbrücken gestützter Baldachin, jeder Stern der Kern eines Atoms.

Im jungen Sternenlicht fuhr sie durch die Ausläufer des Miskish. Wie schön wäre es doch – denken wir das nicht alle manchmal? –, sich einfach gen Himmel und Nacht davonzumachen. Von diesen sanften Händen erhoben zu werden.

Im Fahren drehte Dilly sich nur noch ein einziges Mal um und gestattete ihren Lippen nur ein einziges Mal, sich für ein Abschiedswort zu bewegen.

•

An ihrem letzten Abend lief Cynthia zum Strand hinunter. Allein über eine Landstraße an diesem Ort draußen am Meer. Die Nacht war still und klar. Im Gehen fiel ihr auf der Straße vor ihr eine einsame Gestalt auf. Selbst auf die Entfernung konnte sie erkennen, dass es ein Mann war. Seine Haltung barg eine geduckte Wildheit, obwohl er stocksteif dastand, wie in Stein gehauen, und er starrte über die Felder und die Hügel in Richtung Berehaven.

Ihre Schritte hallten auf der Straße, aber das Geräusch ihrer Annäherung versetzte den Mann in keinerlei Bewegung, und indem er einfach nur so still und allein da stand, machte er die Nacht unheimlich.

Im Näherkommen sah sie, dass seine Hände zu Fäusten geballt waren. Die aufgestaute Gewalt war deutlich spürbar. Zunächst dachte sie, es wäre vielleicht ein alter, im Kopf nicht mehr ganz richtiger Mann, aber nun klärte sich das Bild.

Es sah aus, als wäre er in den Vierzigern, weder alt noch jung, eher kräftig als schmal, und seine Augen waren wild geweitet, während er über die Felder und die Hügel in Richtung Berehaven starrte.

Sie traute sich nicht, dem Mann den Blick zuzuwenden, als sie an ihm vorbeiging. Sie machte einen weiten Bogen um ihn und hielt den Kopf gesenkt, neigte ihn aber zugleich diskret zur Seite, um zu sehen, dass er barfuß und seine Hose an den Knöcheln abgeschnitten war. Er schien auch nass zu sein, als wäre er soeben dem Meer entstiegen.

Irgendein verirrter Pirat, so schien es, und jetzt war sie sicher, dass der Mann seine Blockade überwinden und jäh zum Angriff übergehen würde.

Und doch blieb alles still und ruhig, abgesehen von ihren Schritten und den trägen, geschwungenen Ketten der See.

Sie ging weiter die Straße hinunter und dann an der Bucht entlang, und als sie einen Blick über die Schulter zurück riskierte, stand der Mann noch immer vollkommen angespannt und steif da, und sie ging in Richtung Strand, aber als sie nochmals zurückschaute, lag die Straße verlassen und leer, und sie ging hinaus ins letzte bleiche Dunkel der Nacht

an einem Zacken der Bucht entlang
entlang der grauen musikalischen See
an diesem Ort hinter Berehaven.

VIERZEHNTES KAPITEL

Eine regnerische Nacht in Algeciras
im Hafen von Algeciras, Oktober 2018

Es ist Nacht im Terminal im Hafen von Algeciras. Die letzte Fähre nach Tanger ausgelaufen. Fast niemand mehr in der Halle. Die Tannoys schweigen. Die Cafeteria ist verriegelt und verrammelt. Der Schreibtisch hinter dem Schild INFORMACIÓN ist leer, der Schalter liegt im Dunkel. Ein Stück jenseits des Schalters, auf derselben Bank, sitzen allein Maurice Hearne und Charlie Redmond noch mit ihrer Reue zusammen. Deren Melodie haben sie locker drauf, fast von Natur aus, wie es scheint.

Noch ne gute Seite an der Sache, Charlie?

Wäre welche, Maurice?

Dass du gewissermaßen das Leben richtig auszukosten lernst. Hat ne besondere Kraft.

Sag das noch mal, Moss?

Ich meine, irgendwie hat die Welt keine tiefere Erfahrung anzubieten als n gebrochenes Herz.

Da stamm ich von ner langen Linie von ab, Maurice. Gebrochenen Herzen.

Tatsache, Charles?

Die Redmond-Männer landen alle mit kaputtem Herzen in der Kiste. Scheint in der Familie zu liegen.

Sie schauen links, schauen rechts, in perfektem Tandem.

Meinst du, sie kann selbst auf sich aufpassen? Dilly?

Man denkt ungern dran. N junges Mädchen, das sich an solchen Orten rumtreibt. Bei all den komischen Vögeln da?

Sie hat Köpfchen. Das ist alles, was zählt.

Hat sie, ja. Wie die Mutter. So was Schlaues, Pfiffiges.

Ein müder alter Marokkaner gibt einem Wischmopp die Brust. Das Mädchen schließt den Getränkestand ab und winkt ihm zu. Ein Wachmann mit allen andalusischen Klagen auf der Stirn watschelt vorbei.

Denkst du noch an Cynthia, Maurice?

Ich versuch's zu vermeiden. Manchmal geht sie mir einfach durch den Kopf.

Sie richten ihre harten Blicke in die Ferne. Es gibt einen Fundus gewichtiger Erkenntnisse, aus dem sie zehren können. Sie wissen, was sie mal besessen und verloren haben.

Ich hab sie immer in der Sextant Bar getroffen, sagt Charlie.

Du redest von Cynthia?

Ja, von Cyn.

Wie bist du auf das Sextant verfallen?

Es lag n bisschen abseits. Die Leute hätten da schon gezielt hingehen müssen. Weißt du, meistens haben wir einfach bloß dagesessen und gequatscht.

Es ist das Meistens, das mir da nen Stich versetzt, Charlie.

Das Geräusch der Nacht, wie es jetzt vom Terminal im Hafen von Algeciras aus zu hören ist –

das Gemurmel des nächtlichen Verkehrs auf der Küstenstraße wie ein hoffnungsloses Gebet, heruntergeleiert an den entfernten Rändern eines Lebens, der irgendwie kindliche Schrei eines exotischen Vogels aus den schäbigen Palmen an den Supersol-Arkaden,

das leise Grollen und Knistern eines sich stetig nähernden Gewitters.

Zum Trost verfallen die Männer in eine alte Leier: die Barrack Street 1986 –

Erinnerst du dich an die Tage des Emerald-River-Chinesen, Charlie?

Hör auf, ja? Bitte? Diese Tage kriegen wir nie zurück, Moss.

Wie viele Wong-Schwestern gab es gleich noch mal?

Wie viele Chinesen spielten gleich noch mal den Kontrabass?

Die alten Witze sind die besten. Waren es fünf?

Schwer, da akkurat mitzuzählen, Maurice. So wie sie auf der Barrack Street rumgewuselt sind, die Wong-Mädels, und eine umwerfender als die andere.

Da war Tina?

Und dann Debs.

Debs die Älteste? Und noch drei, vielleicht vier andere. Die sind damals ganz schön durch unsere Träume gewuselt, oder, Charlie?

Durch unsere heißen, feuchten Träume.

Weißt du, welche von diesen Schwärmereien am schlimmsten sind?

Nämlich?

Die, die du ausgelassen hast. Die, die drauf eingestiegen wären, bloß hast du es nie probiert. Weil du Schiss davor hattest.

So Sachen, die wir bereuen, haben wir doch alle, Maurice. Als ältere Gents.

Vielleicht lernst du ja doch noch mal die Liebe kennen, Charlie.

Kann schon sein, ja. So ne kleine Hals-, Nasen-, Ohrenschwester aus Clonmel. Wär bestimmt verdammt begeistert, mir über den Weg zu laufen.

Alles vergeht so schnell, die Momente streifen dahin, Nächte verschmelzen mit anderen Nächten, das Gewitter ist jetzt direkt über ihnen, und ein schwerer Regen fällt auf den Hafen von Algeciras.

Die Männer blicken im Tandem hinauf zu den hohen Fenstern.

Es ist ein heftiger Guss, und er kommt in gewittrigen Böen, und sie können nirgendwo anders hin als auf die Straßen der Hafenstadt und in sie hinein.

Im Tandem laufen sie durchs Terminal. Charlie trägt die Adidas-Sporttasche und zieht gefühlvoll das Bein nach. Sie gehen in die warme Nachtluft und den Ansturm des heißen Regens hinaus. Maurice blinzelt mit seinem guten Auge zu ihm hoch und schätzt seine Intensität ab. Die Männer gehen an der Leeseite des Gebäudes entlang, um sich das Schlimmste vom Hals zu halten.

Eins unserer großen Talente, Maurice. Als Volk.

Nämlich welches, Charlie?

Dicht an Gebäuden langlaufen, um nicht nass zu werden.

Sind wir Weltklasse drin, Mr Redmond.

All diesen alten Häfen wohnt eine ganz eigene Traurigkeit inne. Wenn wir übers Wasser reisen, weitet sich uns das Herz. Die Straßen und die kleinen ansteigenden Gassen sind regennass. Die Farben der Straßenbeleuchtung verwischen und changieren. Auf der Hafenseite suchen die Männer Schutz unter dem Vordach eines Fahrkartenschalters. Verblasste, in Fetzen hängende Plakate – die Vermissten. Boote nach Ceuta und Boote nach Tanger. Sie starren in den Regen über der Meerenge.

Ich hätt ihr nie das sein können, was du für sie warst, Maurice.

Charlie?

Ich konnte mich nie ernsthaft als Alternative einbringen, weißt du?

Wir müssen das jetzt nicht durchkauen.

Doch, müssen wir schon irgendwie.

Ich will aber nicht, Charlie.

Sie blicken in entgegengesetzte Richtungen. Das Licht der Peitschenlampen schmiert über die Containerstapel. Die dunkle, verschachtelte Altstadt ragt düster dahinter auf – und ist schon in nächtlichen Schlaf verfallen. Maurice Hearne zählt die Male, die Jahre, die er hier durchgekommen ist. Die Erinnerung gerät ins Stolpern, und aus dem Nirgendwo huscht Karima herbei. Ihre Augen, die strahlten und lebendig waren und nächtens auf ihn warteten, bis er aufwachte, worauf er sich umdrehte und sie so auf dem Bett drapierte, dass er ihren Lenden verschwörerische Dinge zuraunen konnte.

Es würde dir immer im Weg stehen, Maurice.

Nein, Charlie.

Also, das wär jetzt mal n Abend, der dich wirklich verdammt an deine Grenzen bringen würde.

Mit zusammengekniffenen Augen wirft Charlie Redmond einen bösen Blick gen Himmel. Dem fällt eine Menge zu seiner Rechtfertigung ein. Der Regen pfeift und jault, und

Charlie zieht ein grimmiges Gesicht, während er das zu deuten versucht. Er hat Cynthia angebetet, seitdem er sie das erste Mal erblickte. Als sie ihm ein schiefes Lächeln schenkte, fiel er vom Rand der Erde.

Scheiße. Ist schon fast dreißig Jahre her.

Was, Charlie?

Nix.

Die Vergangenheit ist unsicher, beweglich. Sie verschiebt sich da hinten und arrangiert sich neu. Einfach alles könnte sich da hinten noch drehen und verlagern. Zum ersten Mal sprach Maurice an einem Sonntagabend auf der Barrack Street mit ihr. Eine große Stille lag in der Luft. Das Geläut der Kathedrale durchdrang sie nicht, sondern schuf ihr einen Rahmen. Er überquerte die Straße, um vor sie zu kommen. Dann drehte er sich um und lächelte, doch sie lächelte nicht.

Ich bin nicht gut bei so was, sagte er. Aber heißt du nicht Cynthia?

Das gab sie zu. Der Fehler war schon, überhaupt etwas zu sagen.

Du hast es ja ziemlich eilig für nen Sonntag, sagte Maurice.

Den Hügel hinunter in die Stadt hielt er mit ihr Schritt. Fragte, ob sie Lust hätte, mit ihm auf einen Drink in die Oval Bar zu gehen. Sie sagte, sie müsse nach Hause.

Aber wir sehen wie n Pärchen aus, sagte er.

Er begleitete sie bis zur Bushaltestelle, lehnte sich gegen die Mauer und gab sich keine Mühe, witzig zu sein.

Sag Bescheid, wenn dir das hier auf die Nerven geht, sagte er.

Er wusste, dass irgendein Fortschritt gesichert war. Zähe weiße Möwen patrouillierten die Lüfte über dem Fluss ab.

Sie sagte nichts, aber er sah ihr an, dass sie sich fragte, wie es wäre, wenn sie sich küssten.

Ich glaub, das könnte ziemlich nett sein, sagte er.

Und zum ersten Mal lächelte sie.

Wie zum Teufel hast du das hingekriegt?, sagte sie.

Und er küsste sie einfach.

In Algeciras schüttet es, als wollte der Regen unsere kümmerlichen Sünden wegwaschen. Die Gullys laufen über, von den Dächern trieft es.

Ist da irgend n Ende absehbar, Maurice?

Das ist das Beklagenswerteste an der Sache, Charlie. Vielleicht haben wir noch n ganzes Stück Weg vor uns.

Und schleppen uns verdammt noch mal weiter dahin.

Wie Aussätzige. Alle werden auf die kleinen Glöckchen hören.

Wieder ist es Nacht in Algeciras. Der Regen schneidet durch die Lichtkegel im Hafen, aber jetzt viel schwächer. Charlie Redmond lehnt sich unter dem Vordach des Fahrkartenverkaufs zurück. Kauert sich ins Zopfmuster seiner schmalen Schultern. Die Aussicht auf einen weiteren November verursacht einen fiesen Geschmack in seiner Kehle.

Maurice Hearne löst sich aus seiner Anspannung, streckt den Rücken durch, schiebt den Kopf unter dem Vordach hervor, blickt in den Nachthimmel dort über dem Hafen und den Containerstapeln, und jawohl, es klart auf, die Sterne sind noch immer dieselben alten Sterne, und im Umdrehen wirft er seinem Kumpel einen halbwegs hoffnungsvollen Blick zu –

Ich glaub, es hört langsam auf, sagt er.